新潮文庫

いちねんかん

畠中　恵著

新潮社版

11693

目次

いちねんかん

いちねんかん

1

長崎屋《ながさきや》は、江戸の通町《とおりちょう》にある、廻船問屋《かいせんどんや》兼薬種《やくしゅ》問屋だ。

日本橋から京橋の前を通る、江戸でも屈指の繁華な道には、大店《おおだな》が建ち並んでいる。長崎屋は先代伊三郎《いさぶろう》の頃、その通りに店を作り、百万の人が暮らすという江戸の地で、商いを大きくしていた。

そして二代目の藤兵衛《とうべえ》は今、確かな商いの腕と、妻や、一人息子一太郎《いちたろう》に甘いことで、近在に名を馳《は》せているのだ。

特に若だんなは、まめに、本当にしょっちゅう寝込み、死にかけ、親の心配が尽きなかった。長崎屋は跡取りの弱さでも、町内に知られた店であった。

そして。

長崎屋ではその若だんなが、母屋《おもや》で珍しくも、目を丸くしていた。両親が突然、湯《とう》治《じ》へ行きたいと言い出したからだ。

「おとっつぁん、前に体を損ねたけど、今も調子が悪かったんですか？」

それで、箱根にでも行きたいのだろうか。若だんなが心配そうに問うと、藤兵衛は母のおたえと共に、立派な居間で笑った。

「体の方は、とうに大丈夫だよ。いや、良くなったんで、今なら遠い地へも、出かけられると思ったのさ」

若だんなは、側《そば》に控えていた二人の兄《にい》やと、顔を見合わせる。

「遠い所へ、湯治に行くんですか。おとっつぁん、どこまで出かけるおつもりですか？」

何だか箱根ではないような気がして、若だんなが問うと、おたえが、袖《そで》内から文を出してくる。そして若だんなだけでなく、手代《てだい》の仁吉《にきち》までが、魂消《たまげ》るようなことを告げてきた。

「あのね、亡《な》くなったおっかさんの……遠縁、おきのさんという方から、文が来たのよ」

藤兵衛が寝付いたことを耳にし、久しく心配していた。もし、旅に出られるくらい良くなってきたなら、一度ゆっくり湯治をしに、おきのが滞在している西国まで、来ないかと誘ってきたらしい。

「おぎん……じゃなかった、おきのさんは今、九州の別府《べっぷ》にある温泉にいるんですって」

「おや、九州とは。随分遠いですね」

「でも、うちには船があるから。乗っていけば、大変な旅にはならないでしょう」

今、別府で養生すれば、藤兵衛の体は芯《しん》から良くなると、おきのが知る占い師が見立てたらしい。藤兵衛が、長く寝込んだことを覚えているおたえは、おきのの言葉に、大いに心を動かされたのだ。

若だんなが頷《うなず》く。

「おとっつぁんは、ずっと働きづめでした。だから、この辺りでゆっくり湯治にゆくのは、良いと思います。おっかさんも、一緒に行くんですよね？」

おたえは、おきのに会いたいと、嬉《うれ》しそうに頷いている。若だんなは、素直に二人を送り出したい気持ちと、不安を、同時に抱えることになった。

（文を下さったっていう遠縁のおきのさん。間違いなく、おばあ様のおぎん様だよね？）

おたえの母おぎんは、実は齢《よわい》三千年、皮衣《かわごろも》という大妖《たいよう》であった。表向き、亡くなったことになっているが、実は今、神の庭で荼枳尼天様《だきにてん》にお仕えしていると、若だんなは聞いているのだ。

それゆえ長崎屋は以前から、妖《あやかし》との縁が深い。今、若だんなの側に居てくれている二人の兄や、仁吉と佐助《さすけ》も、人ならぬ者達であった。長崎屋には他にも、数多《あまた》の妖達が集《つど》っている。

(でも、おとっつぁんは、うちと妖の関わりを知らない。大丈夫かな)

遠い地へ行けば、長くおぎんや、他の妖達と過ごすことになる。おぎんは大妖だから、従っているのは妖狐《ようこ》達だ。並の妖よりは余程、人との縁も深く、上手《うま》く付き合ってくれそうではあった。

しかし、それでもだ。

(おばあ様が人ではないと、おとっつぁんに知れて、大騒ぎになったりしないかしら)

母おたえは、半分妖の血が流れているせいか、時々、悩みもせずに不思議なことをする。若だんなはそれも心配であった。

おまけに、藤兵衛は妻に甘い。

(おとっつぁんは、真っ当に人付き合いや、商いをやっている。なのに、おっかさん

が望むことだけは、ほぼ何でも承知してしまうんだよね)

まことに危うい所のある、夫婦なのだ。

すると、やはりというか、今回もおたえは既に、魂消ることをやってしまっていた。

奇麗な顔に笑みを浮かべ、おたえは明るく言ったのだ。

「それでね、一太郎。遠い九州へ行くなら、十日や一月じゃ、却《かえ》って旦那《だんな》様が疲れるでしょう? だからおきのさんに、半年か一年くらい、ゆっくりしたいって、ご返事したの」

「えっ? おかみさん、もう九州へ、返事を送られたんですか?」

仁吉が驚いていると、文を送ったどころか、その返答も、もう来ているという。

「おきのさんから、ゆっくりしていったら良いって、ご返事があったの。良かったわ」

江戸の世になって、街道は整えられ、宿屋も多く出来て、おなごでも余程楽に旅が出来るようになった。

しかし武家の参勤交代や、商いで余所《よそ》へ行く者でなければ、一生の内、そう何度も旅に出ることなどないのだ。ましてやおなごだと、一度行けるか行けないかという話になる。

「おっかさん、もしかしたら、九州へいつ頃出かけるか、それも決めてあるんですか？」

若だんなが急ぎ聞くと、藤兵衛が、もう町名主と菩提寺《ぼだいじ》に、話を通してあるという。

「身元を引き受けてもらって、往来手形《おうらいてがた》を書いてもらわなきゃならないからね。旅の用心集の本も買ったんだよ。九州ほど遠くへ行くのは、久方ぶりだ」

おたえが笑う。

「お前さん、わたし、行きに大坂へ寄って、色々お土産を買って行きたいわ」

そして帰りでもいいから、京都へも行きたいと、おたえは言う。寺参りをしたいのだそうだ。

「ああ、それはいいね。おたえ、信心は大切だよ」

「ならお前さん、いっそ帰りは大坂で船を下りて、東海道《とうかいどう》をゆっくり、歩いて帰ってくるのもいいですね」

そうすれば京都へ寄るだけでなく、箱根で一休みして、江の島へ行くことも出来ると、おたえは言い出した。道中の宿で、名物を食べたり出来るのだ。

「大山《おおやま》や草津《くさつ》の湯が、離れた場所にあるのは、残念ですね」

「おたえの、やりたいようにしよう。おまえ、長い旅は、初めてだものね」

「はいはい」

あれよあれよと進んでいく話を前に、若だんなは、全《すべ》ては決まっていて、もう動かないのだと知った。すると、若だんなが危うくなること以外なら、並《な》べて落ち着いている兄や二人が、外《はず》せないことを主《あるじ》へ問う。

先に、佐助が尋ねた。

「それで旦那様、一年ほどの旅の間、店はいかがいたしますか」

藤兵衛が隠居するわけではない。だから、その間は表向き、若だんなが店を預かり、大番頭達と兄や達で、長崎屋を切り回していくという形でいいか。穏当で、藤兵衛が考えていそうな案を、佐助は口にしたのだ。

ところが藤兵衛は、出来る手代二人を前にして、別の考えを示した。

「うん、そのやり方なら安心だね。しかしだ」

せっかく一年、心配性の主が店を空けるのだ。やってみたいことがあると、藤兵衛は言い出した。

「一太郎、表向きじゃなく、お前が店の主として、両方の店を預かってごらん」

「はい？」

「いつかは一太郎が、長崎屋の主になるんだ。だからこの機会に一度、店主の役目をこなしてみなさい」

　何を仕入れ、誰に、どうやって売っていくか、店の舵取《かじと》りを、若だんなが決めるのだ。もちろん実際、両方の店で働くのは、大番頭以下、今の奉公人達であるのは変わりない。

　藤兵衛は、自分が長崎屋にいると、どうしても心配が先に立って、息子を休ませてしまうと口にした。

「一太郎はこの先、急に、丈夫にはならないだろう。親としては、無理をして欲しくはないんだが」

　でも、弱い身だからこそ、やっておいて欲しいこともあるという。

「少しずつ、一太郎に合った店の切り回し方を、覚えていって欲しい」

　先々藤兵衛がまた倒れ、突然跡を引き継ぐことになっては、若だんなも大変なのだ。だから今回の旅は良い機会だと、藤兵衛は口にした。親も若だんなも、嫌でも先の事に、目を向けることになるのだ。

「親子でまずは一年、離れて頑張ってみよう。今度の旅は、そういうことに使いたいと思うんだよ」

「おとっつぁん……」

若だんなは、親の思いを身に染《し》みて感じ、目を潤《うる》ませてしまった。そして仮とはいえ、二つの店を任されるのだと、不安を含んだ驚きに包まれてもいた。

藤兵衛は、仁吉と佐助へも目を向ける。

「二人は、先代が孫を支える為《ため》にと、連れてきた者達だ。この先も、一太郎を支えてやっておくれ」

「もちろんです」

兄や達が揃《そろ》って頷く。藤兵衛は、ではこの一年で、二人は大番頭達から、色々学ぶようにと言った。

「今までも仁吉、佐助は柱となって、長崎屋を支えてくれてる。でも今は、大番頭さん二人が、色々働いてくれてもいる。体の弱い一太郎を支えつつ、店を全て仕切るとなると、今とは少し違う毎日になるだろう」

廻船問屋と薬種問屋を動かしている大番頭達は、もう若くはない。いずれ隠居金を出すことになると、藤兵衛は告げた。大店で奉公人の筆頭をしていれば、店を辞めた後、明日を選ぶことが出来る。長屋の大家株でも買って、楽に暮らすのもいいだろうし、己《おのれ》の店を出し、店主となることも出来るのだ。

「二人の大番頭さん達は、もう嫁を貰《もら》って、外の長屋から店へ通って来てる。隠居する日のことも、頭の端にあるだろう」

大番頭は二人とも、店をやってみたいと言っているようで、良き店が出ていたら、買っておかねばと藤兵衛がつぶやく。時を超えていく妖達に囲まれ、日々はゆったり過ぎるように思えていたが、長崎屋でも、時は刻まれていたのだ。

薬種問屋の大番頭忠七《ちゅうしち》は、長崎屋のたたき上げで、温厚な人柄と、確かな薬種を見る目を持っていた。廻船問屋の大番頭は吉高《よしたか》と言い、変わりだねで、水夫《かこ》から長崎屋の奉公人になっていた。店の奉公人としては珍しく、生まれも、元はお武家であったらしい。

「これからの一年は皆、新しい毎日を過ごすことになりそうだね」

長崎屋の主が、明るく言う。若だんなと兄や達は、揃って深く頭を下げた。


旅立つ日を決めると、藤兵衛は周りの店主達へも話を通し、てきぱきと旅の支度を進めていった。

おたえは……というより、おたえに仕えている妖狐、守狐《もりぎつね》達は、若だんなが思いもしなかったやり方に出た。九州にいる、おきのの縁者に化けると、長崎屋へ表から訪ねてきたのだ。

そして船で一緒に、九州まで送ってもらうことと引き替えに、夫婦の旅に同道し、世話をやくという約束を、藤兵衛から取り付けた。

「旅の途中、藤兵衛旦那に用が出来て、おたえ様がお一人になったら、心配ですからね。若だんな、大丈夫です。この守狐達が側にいる限り、おたえ様は守ってみせますとも」

「ああ良かった。守狐達が付いていてくれれば、安心だ」

やがて、要《い》りような金は為替手形にし、荷は船へ運び込まれた。長崎屋の夫婦は身軽な姿で、江戸から旅立っていった。

2

「きょんげーっ、きゅわきゅわきゅわきゅわっ」

まだ明けたばかりの朝、長崎屋の店表に、大きな声が響いた。そして、大勢が部屋を駆け回る。

「ひええっ、母屋の天井裏から、変な音がするっ」

母屋は朝っぱらから、悲鳴のような声に包まれ、大騒ぎとなっていたのだ。

若だんなは、寝泊まりしている離れから、急ぎ開店前の店表に駆けつけると、まずは両足を踏ん張った。そして皆へ、静かにするようはっきりと口にしたのだ。

「小僧さん達、手代さん、落ち着いて。家が軋《きし》んでるだけだから」

すると、不安げな顔をしていた奉公人も、何故《なぜ》だか軋んでいた母屋も、ぴたりと静まる。皆、大きく息をついた。

「大丈夫だよ。さあ、朝餉《あさげ》を食べておいで」

「若だんな、その、済みません」

板間へ向かう小僧達を見送った後、若だんなは、側へ来た仁吉へ顔を向けた。

「参った。おとっつぁんが旅に出たら、三日もしない内に、この有様だ。主が居ないだけで、こんなに奉公人達の様子が変わるなんて」

長崎屋ではこの三日、小さいとはいえ、色々な騒ぎが重なっているのだ。自分では、主として足らないと言われたようで、若だんなは、情けない思いに駆られていた。

「朝餉の後、一度奉公人の皆と、話をした方がいいのかな。そうすれば、母屋が収まるのかしら」

するると仁吉は、若だんなの目を覗《のぞ》き込んでくる。

「若だんな、旦那様が出かけてから、間《ま》がない内の騒ぎです。これは奉公人達が、若だんなと旦那様の器量を比べ、騒いでいるんじゃありませんよ」

二人を計って答えを出せる程、時は経《た》っていないのだ。今朝の騒ぎの元は別にあると、仁吉は言い切った。

「小僧さん達が、気を立てていました。前は平気だったのに、鳴家《やなり》達が家を軋ませる音まで、気にしてましたね」

仁吉はその訳を、思いついているという。

「夜、長崎屋の母屋に、主や、その代わりがいない為でしょう」

「主？」

大番頭達は、今は余所にある長屋から通っていて、夜は店にいないのだ。長崎屋を支えている兄や達は、離れで若だんなと共にいる。つまり店を閉めた後、母屋にいるのが、似たような立場の、奉公人だけになっていた。

「若だんなは、伏せっていることも多いです。何かあっても、夜、離れへ言いに行くのは、躊躇《ためら》われるのでしょう。奉公人達は、心細くなったんですよ」

「それで鳴家達が立てる音を、気にしたのか」

若だんなは、今度は天井へ目を向ける。

「きゅい、鳴家、追いかけっこしてた」

「鳴家や、母屋にいる小僧さんたちは、家が大きく軋むと怖いんだ。しばらく離れで遊んでいてくれないかな」

「きゅべ、嫌っ。若だんな、離れにいないの。夕ご飯の後も、直《す》ぐ寝る。遊んでくれない」

　鳴家達は暇になったので、母屋の鳴家達と、一緒に遊ぶことにしたという。若だんなは、眉尻《まゆじり》を下げた。

（それで、家の軋みが大きくなったんだ）

　おかげで、奉公人達は落ち着かない。仁吉は腕組みをし、店表をぐるりと見回した後、頷いた。

「仕方ありません。今日よりこの仁吉と佐助が、母屋で寝泊まりすることにします」

　離れのことは気に掛けるし、妙な妖は近づけないからと、仁吉は若だんなへ言う。

「あのね、仁吉。私が母屋で暮らすことにしても、いいんだけど」

「若だんな、それは駄目です。病になったとき、店の奥では、ゆっくり休めませんよ」

　若だんなが寝込んだら、妖達は、当然離れに居た時と同じく、側で看病しようとするだろう。

しかし母屋の部屋には、女中や奉公人達も出入りする。その皆に、妖らが長崎屋にいると、知れてしまったら困るのだ。若だんなは、気が休まらなくなると、仁吉は口にした。

「それは……その通りかもしれないね」

「きょんわ？　若だんな、これから遊ぶの？」

他に案も出ず、若だんなは頷くと、台所の板間へ顔を見せた。それから集った奉公人達や、台所で聞き耳を立てている女中達へ、今日の夜からは仁吉と佐助が、母屋で休むことを伝えた。

「だから、これからは話したいことがあったら、夜でも遠慮せず、二人へ言っておくれ」

それが、店の毎日で変わる点だと、若だんなは告げた。

「そして、他は前と同じだから。いいね？」

すると小僧達が、目に見えて安心した様子になったので、ほっとする。

（ああ、良かった。これで何とかなったかな）

若だんなは、一つ息をついたのだ。

だが。考えねばならないことは、一つ終わると、二つ湧《わ》いて出るものらしい。悩みは大番頭達が、朝の挨拶《あいさつ》に来た時から、また増え始めた。

小僧達の不安を何とかした後、二人の大番頭が顔を見せたので、若だんなは奥の間で、一緒に朝餉を食べることになった。すると二人は、白いご飯を手にすると早々に、若だんなへ問いを向けて来たのだ。

「先ほど、手代さんから聞きました。若だんなはこの一年の内に、ご自分で新しい品を、商ってみたいとか」

「ああ昨日、相談に乗ってもらったんだよ」

すると何を、どれくらいの大きさで、始めるつもりなのか問われた。主のいない間に、店が傾いては大事と、大番頭達は商いに馴《な》れていない若だんなの志を、確かめに来たのだ。

(大番頭さんは朝餉の席で、こういう話をすることに馴れてるみたいだ。そうか。おとっつぁんは朝食の席を、商売の話し合いにも使ってたんだね)

若だんなは頷くと、茶碗《ちゃわん》を置いて話し出す。

「売りたいのは、新しい薬袋でね。二人にも、相談できたらと思ってた」

今回、両親が旅の支度をするのを見て、若だんなは、思いついた事があったのだ。

「旅支度で、持ち歩く品は、存外直ぐに買えた。旅で使いやすいよう、色々な品が、売りに出てるんだね。ただ」

両親が印籠《いんろう》に入れていく薬は、仁吉が一通りこしらえ、小さくまとめていたのだ。

「医者の源信《げんしん》先生に聞いたんだけど、旅には、万病の薬と傷薬くらいしか持っていかない人、結構いるんだって」

薬を多く持っていくとなると、高くついてしまうし嵩張《かさば》る。だから、万病薬の出番となるのだろう。だが正直なところ、全ての病に効く薬など知らないと、若だんなは言った。

「でも大番頭さん、旅先こそ、病の備えをしたい時だよね。家から離れているんだ。簡単には寝込めないもの」

「それは、その通りで」

大番頭達が頷く。旅先で寝付いたら、宿代が積み重なってしまうのだ。その為、無理をして歩く旅人も、居るだろうと思われた。

若だんなは、ここでにこりと笑う。

「だから、旅先で必要かもしれない薬を、色々小袋に入れて取り合わせ、旅用の薬袋を売り出したらどうかと思ってるんだ」

熱用、胃の腑《ふ》用、頭痛用など、一包ずつきちんと、効能と使い方を書いておくのだ。

「きゅべ」

「鳴家、勝手に朝餉を食べちゃ、駄目だって……いや、その、何でも無いんだ。で、小袋を沢山作れば便利になるけど、旅で使わずに残るものもあるよね」

薬は、安いものではない。余って使い道がないともったいない。それで。

「薬は小分けに出来る、奇麗な柄の小袋に入れて、残った分は、土産の品としても渡せるようにしては、どうかな」

各地には、名物の薬がある。医者を呼ぶのは金が掛かるから、良く効く薬は、ありがたい土産の品になっているのだ。

薬種問屋の大番頭忠七が、笑みを浮かべた。

「若だんな、それは良き案じです。で、どれくらいの売り上げを、お考えですか？」

長崎屋で店売りをするのみなのか、それとも旅の道具を売る店などへ、託して売ってもらうのか。目指す所の違いで、売り方が変わってくる。しっかりした、主の方針を問われたと分かって、若だんなは小鬼を撫《な》でつつ頷いた。

（大番頭さんから、こういう返事を聞いたのは初めてだ。やっぱり、今までとは違うね）

そこへ、茶を持ってきた佐助が、興味津々《しんしん》の顔で、話し合いに目を向けてくる。緊張した。

「あのね、まずは一年の内に、利益が二百両出るよう、売って行きたいんだ」

「はて、何故二百両を目指すのですか」

少し半端《はんぱ》な額であった為か、大番頭達が首を傾《かし》げている。若だんなは、店を用意するのに要る金……と言いかけ、佐助が慌《あわ》てて茶碗を置いたのを見て、口をつぐんだ。

だが、既に遅し。大番頭忠七の目が、火を灯したように輝きだしていた。

「店、でございますか。若だんなが新たに一軒、始められたいのでしょうか」

「きゅんべ？」

言ってしまったものは、仕方がない。若だんなは、子細を隠しておけなかった。

「いやその、おとっつぁんが、新たな店を得たいと話してたんで。ならば、おとっつぁんが帰ってくる前に、買うためのお金を、私が用意できたらいいなと思ったんだ」

それを一年の目標にしようかと、若だんなは考えていたのだ。

「何と、店を手に入れようと思っておいでなのは、旦那様でしたか」

体を悪くした後だから、藤兵衛が新たな店を開くとは考え辛《づら》い。つまり、だから。

「もしや旦那様は、我ら大番頭二人の分家を、考えて下さっているのでは。ええ、大店の大番頭であれば、一人百両くらいの隠居金を頂けると、耳にしたことがございます」

「きゅい、百両、凄《すご》い」

「いいね。全部、お饅頭《まんじゅう》買おう」

影の内から、羨望《せんぼう》の声が湧く。

「そうと聞いたからには、是非に若だんなが始める商いを、成功させなくては」

喜ぶ忠七を見て、佐助が慌てて釘《くぎ》を刺した。

「忠七さん、吉高さん、これからの長崎屋の商いに、隠居金を絡めちゃいけませんよ。分かっておいでですよね？」

大番頭二人が、急ぎ頷いた。

「もちろん、分かっていますよ。旅用の薬袋をどう売って行くかは、若だんながご判断下さい」

ただ。やはり忠七の目は、輝いたままに見えたのだ。

「そして、我らはもちろん、若だんなの為に、力を惜しみませんとも」

佐助が、少し眉をひそめている。しかし、それ以上商いの話はせず、若だんなの膳を見ると、声を向けてきた。

「若だんな、もう一杯、ご飯を食べて下さいね。余り食が進んでいないようですし」

「きゅんべ？」

鳴家ばかりが食べていたことを見抜かれ、若だんなは大人しく茶碗を差し出した。そして、温かいご飯を眺めつつ、話しながら食べる技を身につけねばならないと、本気で悩み始めた。

3

次の騒動は、若だんなが寝起きをしている、離れで起きた。

若だんなは母屋で寝起きが出来ない代わりに、最近、夕餉《ゆうげ》を奉公人達と、一緒に食べることにしていた。

だが今日の夕刻、若だんなは早めに離れへ戻った。馴れない仕事で疲れただろうからと、兄や達のみが、奉公人達と夕餉を食べることになったのだ。若だんなは三日ぶりに妖達と、一緒に夕刻を過ごせた。

「兄や達には申し訳ないけど、助かった。食べている時、大番頭さん達から色々問われるんだけど、まだ馴れないんだ。答えていると、食べた気がしないんだよね」

火の入った長火鉢の横で、若だんながほっと息をつくと、付喪神《つくもがみ》の屏風《びょうぶ》のぞきが笑い出した。

「若だんな、無理をしてると、また寝込むよ」

妖達は今日、若だんなの為に、鍋《なべ》にしたと言ってくる。色々な具が入っている鍋なら、食べたいものを、胃の腑に入る分だけ、食べることが出来るからだ。

「ありがとう、助かる」

「今日は集《つど》った者が多いので、鍋は二つ作りました。片方は、湯豆腐です」

猫又《ねこまた》のおしろが長火鉢の傍《かたわ》らで、たっぷり野菜が入った鍋に、卵を落としている。するとも向かいから、貧乏神の金次《きんじ》が、若だんなへ茶を差し出してきた。

「若だんな、おたえ様達が出かけてからこっち、忙しいねえ。離れでのんびり、碁《ご》を打つことがなくなってるよ」

離れには屏風のぞきがいるし、小鬼らも、変わらず遊んでいる。だから前とさほど、変わった訳ではないはずなのに、いささかつまらないと、金次が苦笑を浮かべた。

「若だんなは離れで、ただ寝てることも多かったのに、変だよね」

若だんなが碁を打てなくとも、熱を出していても、以前の金次が気にしたことはなかった。若だんなは湯飲みを手に、首を傾げる。

「私は一日中、目と鼻の先にいたんだけど。それでも、いつもと違ったの？」

「うん、何だか調子が狂った。だから出かけて、貧乏神として精出してきたよ。おかげで三軒も、店を潰《つぶ》せそうだ」

「ありゃあ。金次、あんまり張り切っちゃ、お江戸に店が無くなっちゃうよ」

「ひゃひゃひゃひゃ」

　若だんなが食べると知ったせいか、今日は離れに、金次やおしろ、屏風のぞきに場《ば》久《きゅう》、鈴彦姫《すずひこひめ》、小鬼達が揃っている。そこへ、留守番をしている守狐や、野寺坊《のでらぼう》、獺《かわうそ》までが顔を見せたので、離れの二間を開け放して、皆で夕餉を食べることになった。

　どこから手に入れたのか、酒まで並び、大福《だいふく》も焼いて、皆は大いに沸いた。

「おしろは、こういう夕餉が好きです。鈴彦姫さん、若だんながいると、やっぱり落ち着きますよね」

「本当に。あ、卵に火が通った。若だんな、椀《わん》に入れますね」

「きゅべ、卵、一口食べる」

　三匹の鳴家が、一口ずつ食べたら、卵が無くなってしまったので、鈴彦姫が笑って、また一つ椀に入れてくれた。屏風のぞき達、酒を好む妖は、湯豆腐を肴《さかな》に熱燗《あつかん》を飲んでいる。

「ああ、いつもの離れだ」

若だんなが笑いつつ、ゆっくり食べていると、屏風のぞきが顔を寄せてきた。

「なあ、若だんな。若だんなは新しい商売を、始める気なんだって？」

佐助が離れを見に来たときに、話していったと付喪神は言う。若だんなが頷き、旅用の薬について語ると、妖達が周りに集まってきた。

「あら、小分けにした薬袋なんて、便利ですね。妖達も欲しがりそうです」

おしろが、奇麗な柄の小袋入りなら、一軒家にも置きたいと言い出した。すると金次も頷く。

「若だんなに効く薬を入れてくれれば、うん、あたしらも使えるだろう。若だんな、そろそろ妖用の薬を、別に作ったらどうだい？」

熱い豆腐をつるりと飲み込みつつ、金次が言い出した。

「長崎屋の薬なら、妖相手に売れるよ。妖達は、川で拾った金粒《きんつぶ》とか、奥山で見つけた薬草なんかで支払ってくれるだろ」

染《そめ》に使える根や、木の皮の方がよければ、それも手に入れられる。人では手に入れにくい場所に生える品でも、薬と引き替えになら、若だんなは手に出来るのだ。

「妖達は平素、金など使ってないだろ。だからたまに、妖の間で払いをするときは、良く効く薬が、金子代《きんす》わりになるんだよ」

　おしろや野寺坊が、笑って頷いた。

「それは良い案じです。薬が出来たら、戸塚《とつか》の猫又さん達も、欲しがりそうですね」

「禰々子河童《ねねこかっぱ》さんへ声を掛ければ、河童の一門へもさばけそうだよ」

　妖達が、楽しげにあれこれ話してゆく。

　だが若だんなは、ここでお椀を膳《ぜん》の上に置いた。そして珍しくも眉尻を下げ、首を横に振ったのだ。

「あの、皆の考えはありがたいんだ。けどね」

　そうやって、あっさり妖達に薬を売ってしまっては、拙《まず》いのではないか。若だんなは、そう口にしたのだ。

「おとっつぁんは一年の間、店にいない。その間、私が一番やらなきゃならないことは、多くを売り上げることじゃないと思うんだ」

　若だんなは、きょとんとした顔を向けてきている妖達へ、一所懸命、気持ちを語った。

「私は、店主としての〝並〟を手に入れたいんだ。おとっつぁんが居なくても、妖達に助けられなくても、店を潰さず、続けていけるような、商いの腕が欲しい」

近所の店は大店が多いからか、潰れず、ちゃんと代替わりしていた。あっさりと続いているように見えるが、店の奥では、色々な苦労があるに違いないと、今は身に染みて思う。

「私も、頼られる跡取りになりたいんだよ」

それが若だんなの、一番の望みなのだ。

「妖達に頼ったら、金子は多く手に入る気がする。でもね」

商いの腕は、若だんなのものにならないのではないか。若だんなは、それを案じているのだ。

ところが。若だんなを見つめた妖達は、口をへの字にしてしまった。

「なんで？　若だんな、どうしてそんなこと、言うんだ？」

酒の杯を置いて、屏風のぞきが首を傾げる。

「若だんなは毎日、仁吉さんや佐助さんを、頼ってるじゃないか。今だって、二人は若だんなの代わりに、母屋にいるよ」

若だんなはそれを、喜んでいたではないか。

「そ、それは……兄や達は、長崎屋の奉公人として、働いてるんだから」

「あたしたちだって、長崎屋で暮らしてるんだよ。この店が無くなったら嫌だし、困るんだ。なのにどうしてあたし達の力は、借りないって言うんだい？」

　訳が分からないと、屏風のぞきは言う。

「若だんな、母屋へ行った時、変な呪《のろ》いにでも、掛かっちまったんじゃなかろうね？」

「きゅんべーっ」

　途端、不安げな顔になった小鬼達が、若だんなの膝《ひざ》に乗り、ぺちぺちと小さな手で膝を叩《たた》いた。

「本物？　若だんなは、本物？」

「屏風のぞきも鳴家も、落ち着いて。皆にはいつも世話になってるよ。分かってる」

　膝に居た小鬼を撫でると、少し落ち着いた顔になったが、畳に座っている小鬼は、首を傾げている。さて、どう話したら分かって貰えるのか。若だんなが迷っていると、その間に金次が立ち上がり、表に出てくると言い出した。

「あれ、金次、暮れて来てるのに、これから出かけるの？　今日は碁、打てるよ」

「何だかすっきりしないから、貧乏神として働いてくる。三軒の店、きっちり終わらせてくるわ」

「あの、金次。貧乏神の仕事が何か、分かってはいるけど……けど」

若だんなの、狼狽《うろた》えた声がしている間に、貧乏神は消えてしまった。

するとそこへ、入れ替わるように兄や達が現れたのだ。二人は、若だんなの夕餉が終わっていることを確かめると、直ぐに蒲団《ふとん》を敷いた。それから、店や奉公人達の、今日一日のことを、若だんなへ告げてきたのだ。

「仕事の話、つまらない」

話が終わる頃、気が付けば集まっていた妖達は、姿を消していた。

「何日かぶりに、大勢集ったのに。これから皆と、ゆっくり話そうと思ってたんだ」

だが、その言葉を聞いた仁吉は、良い顔を向けてこなかった。

「若だんな、明日も明け六つ頃には、店が開きます。若だんなは最近、少しでも早く、店表へ来ようとなさってるでしょう？　ならば、早く寝なければ駄目ですよ」

佐助も寝るように言ってくる。

「今回は長丁場です。若だんな、旦那様が戻られるまでの一年、ほとんどを寝て過ごしたと、ご両親へ告げたくはないでしょうに」

「……はい」

仕方なく、早々と蒲団へ入ると、屏風のぞきがお休みと声を掛けてきた。鳴家達も何匹か、蒲団に潜り込んできて、やっと少しほっとする。しかし。

(おとっつぁんが出かけた途端、こんな調子で、大丈夫なのかしら)

若だんなは、馴れない母屋の仕事が続くと、いつか自分は倒れるかも知れないと、覚悟していた。

上手く店主の代わりが出来ないかもと、気を揉《も》んでもいる。だが。

(まさかこんなに早く、妖達との間が軋むなんて、思ってもいなかった)

長崎屋の母屋は、離れから見れば、目と鼻の先にあった。なのに、そのわずかな隔てが、ずっと側にいてくれた皆との、揉め事を運んできたのだ。

(これから一年、やっていけるかしら。私は、大丈夫なのかな)

思わず、蒲団の中にいる鳴家を、引き寄せる。不安が若だんなを、包み込んでいた。

4

三日後の朝餉の後、若だんなが薬種問屋の店表へ顔を出すと、大番頭忠七が、笑みを浮かべつつ寄ってきた。

「若だんな、お早うございます。今日は、良いお知らせがあるんですよ」

忠七は、若だんなを帳場へ座らせ、いそいそと語り始めた。

「手前は大番頭をしておりますので、町名主方とは顔見知りでして。それでですね」

忠七は、用で町名主小森《こもり》家の屋敷を訪ねたおり、旅用の薬の話を小森家の手代、若い竹ノ助《たけのすけ》へ語ってみたという。すると。

「竹ノ助さんは旅用薬のことを、大層面白がってくれましてね。道中を助けてくれる品だから、是非広めたらいいと言ってくれたんですよ」

忠七が大いに喜んだところ、竹ノ助は何と次の日、薬を大いに売る案まで示してきたらしい。

「町名主の屋敷でも、薬袋を売ったらどうかと言うんですよ」

売るとき、少しばかり町名主へも、金子が落ちる仕組みにしておけばいいと、竹ノ助は語ったらしい。

「そうすれば、江戸中の町名主のところで、旅に出る者達へ、薬を勧めて貰えますから」

町名主の屋敷で、いいと言われている薬なら、売れるはずだという。

「素晴らしい思いつきです。若だんな、是非、是非、町名主の屋敷で薬袋を売ること、認めて下さいまし」

確かにその思いつきは、若だんなも面白いと思った。

（ただ、ね）

隠居金のことを伝えてからこっち、忠七が、やたらと張り切るのが、気になったのだ。首を傾げると、若だんなは忠七へ問うた。

「大番頭さん、町名主さんは薬袋を売る話、本当に許してくれるんですか。支配町にある薬種屋は、長崎屋一軒ではないはずです。なのに町役人のお屋敷で、うちの薬だけ売ることになりますよ」

忠七は大丈夫だと、きっぱり言い切った。仮の品として、小さな袋ごとに色々な薬を入れ、町名主の屋敷へ届けてみたのだ。すると竹ノ助が、こういう他にはない品なら大丈夫だと、請け合ってくれたという。

町名主は、旅に出る者達のことを考え、許しをくれるに違いないのだ。

「竹ノ助さんは、あちこちの町名主さんへも、声を掛けてくれるそうです。ですから町名主さんの所で配る、奇麗な小袋入りの薬袋を、見本として作らねばなりません」

結構な数が要ると、忠七が言い出した。薬種も別に買って、揃えねばならない。

「若だんな、見本を作る為の金子、長崎屋で出して頂けますよね？　それと、こうなったら薬種問屋の方は、当分の間、仁吉さんに任せたいと思うんです」

自分は薬袋の売り出しに、専念したい。忠七が突然そう言い出し、若だんなが慌てることになった。

「忠七さん、今はおとっつぁんがいないんです。だから大番頭の一番の仕事は、店での商売ですよ」

長崎屋のことを放り出して、薬袋にばかり気を取られては困るのだ。しかし、いつもは物わかりの良い大番頭が、今回は妙に、薬袋の売り出しにこだわった。

「でも若だんな、一気に薬袋を売り出すなら、誰かがその商いに、かかり切りにならないと」

忠七は、引く様子を見せてこない。

「ぎょわぎょわっ」

店表の天井が軋むと、その音が呼んだかのように、仁吉がやってくる。忠七は仁吉へも、薬袋を町名主の屋敷でも売る話を、語ることになった。すると仁吉は、忠七だけでなく若だんなにも、顰《しか》めた顔を見せてきた。

「若だんな、いつの間に、多くの町名主さんへ、声を掛けるという話になったんですか。そういう話は決める前に、この仁吉へ一言、言って下さらなければ」

「確かにそうだ。ごめん」

若だんなは頭を下げる。大番頭の突っ走りを、止め切れないでいる事が、大いに拙いと分かっていた。

すると忠七が、町名主へ話したのは自分だと、仁吉へ顔を向ける。

「だから若だんなへ、そんな厳しい目を、向けないでおくれな」

「私の機嫌が悪いと、分かっているようで、結構なことです」

仁吉は、そう言い切った。そして客が来店するまでに、話しておくべきことが出来たと言ってくる。

「大番頭さん、旦那《だんな》様は、寝込みがちの若だんなを、心配し続けてきました」

だから、一年経って長崎屋へ帰ってきた時、店と若だんなが前と変わらずにいれば、主《あるじ》は大いにほっとして、喜んでくれるに違いない。

「つまり一番大事なのは、この一年間を、無事に乗り切ることなんですよ」

変わらずに、いるだけでいい。それができれば、若だんなが長崎屋を、いつか無事に継げるという、希望が生まれるからだ。

「ことに今は、旦那様方が旅立ったばかりです。体の弱い若だんなは、まずは母屋での商いに、己を慣らすべきです」

仁吉は忠七の目を、真正面から見つめた。

「大番頭さん、旅用薬袋の件、一旦《いったん》止めて下さいまし」

ここで、始めねばならない仕事ではなかった。仁吉へ知らせぬまま、町役人を動かすほど、急ぐことでもなかった。

「分かっておいでだと思いますが」

すると、珍しくも忠七が顔を赤くし、帳場の横から、仁吉へ言葉を返してくる。

「旦那様は、若だんなに長崎屋を任せて、旅立たれたんだ。つまり若だんなは今、長崎屋の店主なんだよ」

なのに一年間、ひたすら平穏無事だけを目指していろと言われたら、若だんなは、つまらないに違いない。

「若だんなにも、やりたい仕事はあるだろう。奉公人として、応援してもいいじゃないか」

途端、仁吉の黒目が細くなった。そして、学ぶ相手だと、藤兵衛から言われている忠七へ、くいと上げた顎《あご》を向ける。

「大番頭さん、若だんなの為、薬袋を売り出すと言うのですか？」

どう考えても違うだろうと、仁吉は言いかえす。

「大番頭さんが、今回、薬袋を売り出したいのは、隠居金を作りたいからでしょうに」

赤くなった忠七の顔を見つつ、仁吉は言葉を重ねる。

「もちろん、長崎屋は儲《もう》かっております。ですが」

他の大店に比べ、奉公人達が食べるものなどに、長崎屋はかなり金を使っている。その上、若だんなが病弱で、日頃から医者代もかさみがちだ。しかも今回、おかみと藤兵衛は、一年もの長さで西国への旅に出かけ、金をつかってくる。

「店に、どれだけの金があるか、本当のところを知っているのは、主だけです。そう、大番頭さんは、ちゃんと隠居金がもらえるのか、不安に思っていたんでしょう」

するとそんな時、若だんなの口から、藤兵衛が、大番頭二人の分家を考えているようだとの話が聞けた。忠七は、舞い上がってしまったのだ。

「もし今、店に隠居金がなくても、この一年で稼いでおけば、旦那様は大番頭さん達を、分家させてくれるかもしれない。今、そんな考えに、取っつかれてるんじゃありませんか？」

それゆえ、若だんなが薬袋の話をした時、忠七は飛びついてしまった。若だんなが言い出したことなら、勝負をすることが出来ると、忠七は考えたのではないか。

「違いますか？」

「仁吉、そこで止めておくれ」

「若だんな、これは半端《はんぱ》で止めては、駄目なことなんですよ。大番頭さんへ、聞かなきゃいけません。町名主の手代竹ノ助さんは、どうして町名主の屋敷で薬袋を売れると、返事をしたんでしょうね」

「えっ？　どういうこと？」

「他の町役人さんを、巻き込む話なんですよ。手代さんが、己の考えで事を決められることでは、ないでしょうに」

仁吉が町名主の屋敷で、薬を売るとしたら、手代ではなく町名主当人から、はっきり返事をもらうという。

「そもそも町名主は、他の仕事を禁じられているはずです。屋敷内で薬を売ることが、本当に出来るもんなんでしょうか」

「竹ノ助さんが、大丈夫だと言ったんだ。何で町名主さんの手代の、言葉を疑わなきゃいけないんだ！」

忠七は、赤い顔のまま立ち上がると、仁吉を睨《にら》んだ。その後、廻船問屋兼薬種問屋、長崎屋の内で、今まで聞いたこともないような、きつい言葉を残し、店表から去って行ったのだ。

「若だんなの兄やだからって、偉そうにしてるんじゃ、ないわっ」

そして。

その一言を耳にし、しばらく動けなくなったのは、仁吉ではなく若だんなであった。父の藤兵衛を前にして、そんな言葉を言う奉公人は、今までいなかったからだ。

見開いた目に、湧き上がってくるものがあった。止められず、涙がこぼれ落ちてゆく。

「やっぱり、私じゃ駄目なんだろうか」

「きゅんい？」

若だんなが動かなくなったからか、首を傾げた鳴家が、着物の裾《すそ》を引っ張ってくる。

一方仁吉は、若だんなへ茶を持ってくると伝えると、大番頭が去っていった奥へ、静かな眼差《まなざ》しを向けた。

5

次の日、若だんなは突然、ひっくり返った。

朝、離れで蒲団から身を起こしたら、目が回って、倒れてしまったのだ。

「若だんな、蒲団を敷く手間が、省けましたね」

離れに集う妖達《あやかし》は、若だんなが寝込むのには慣れている。おしろ、金次、場久、屏風のぞきが、いつものように、水を入れた盥《たらい》や手ぬぐい、煎《せん》じ薬の用意をした。兄や達から、ものを食べられない時の滋養、甘酒も受け取った。

仁吉は、妖達に看病することへの駄賃として、沢山のお菓子までくれたのだ。

ただ、今回は一つ、いつもとは違うことがあった。兄や達は今、母屋で寝泊まりしている。つまりこのままでは、誰が若だんなの世話をしているのかと、奉公人達が首を傾げることになってしまうのだ。

それで佐助が先手を打って、長崎屋の皆へ、事情を告げた。

「今は、この佐助も仁吉も、商いで忙しい。それで若だんなの看病の為《ため》、近くの一軒家の人達に、離れへ来てもらうことにしたんだ」

若だんなが持っている家の店子《たなこ》達だから、若だんなとも親しいので、気が楽だ。兄やがそう告げると、奉公人達はあっさり頷《うなず》いた。おしろ、場久、金次は人の姿になって久しく、町屋暮らしにも馴れている。既に長崎屋の皆の、顔なじみとなっていたのだ。

おしろは、一軒家に越しておいて良かったと、離れで妖達に告げた。

「これで、離れに他の妖がいるのを見られても、あたし達三人の身内ってことで、通りそうです。今までよりも、楽に動けますね」

　要りような品があったとき、わざわざ兄や達に頼まなくとも、母屋の台所へ取りに行けるのだ。

「ぎゅい、ならお菓子。もっと」

　鳴家達が、目を煌《きら》めかせて言ったが、若だんなが食べる分以上は拙かろうと、金次が首を横に振る。そして、寝付いた若だんなを見て、にやりと笑った。

「若だんな、この辺で倒れておいて、良かったのさ。早起きしたりして、ここ何日か、無理してたからな」

　あの調子で、一月、二月突っ走ってしまったら、後で大病しかねなかった。屏風のぞきまでがそう言ったが、若だんなは溜息《ためいき》を漏らし、首を横に振る。

「今は、倒れちゃ駄目だったんだ。こほっ、私が売りたいと言い出した薬袋のせいで、昨日、大番頭さんと仁吉が、言い合いになってしまったんだもの」

　店主ならば二人の間に入って、わだかまりが残らないように、せねばならない。なのに若だんなは、手を打てないまま寝付いてしまい、役に立っていない。

「これじゃ、おとっつぁんが帰って来た時、一年中寝てましたって、言うことになっちゃうよ。本当に、そうなっちゃう」

「仁吉さんと、あの大番頭さんが、言い合ったんですって？　何があったんです？」

「おしろ、例の、旅用の薬袋を売り出すか、止めるかで、考えが合わなかったんだ」

若だんなは少し咳《せ》き込みつつ、二人の諍《いさか》いを、妖達に語った。すると屏風のぞきと場久が、蒲団の横で首を傾げる。

「真っ当な長崎屋の、商売の話じゃないか。仁吉さんと大番頭さんは、どうして荒れたのかね？　妙だよ」

屏風のぞきはここで、二、三度首を傾げてから、蒲団の傍らにいた小鬼をひょいとつまみ上げる。そして大番頭が何か、危ういことでもしていないか、調べてこいと言いつけたのだ。

「きょんべ、いやっ」

小鬼はそっぽを向き、承知しなかった。だが大福三つで釣ると、影の内へと消えていった。若だんなは床《とこ》の中から、屏風のぞきへ問う。

「どうして大番頭さんの方が、危ういと思ったの？」

屏風のぞきは、甘酒の湯飲みを差し出しつつ、あっさり言ってきた。

「仁吉さんのことも、同じように調べたいけどさ。小鬼じゃ、すぐに見つかって叱《しか》られるだけだろ。だからまずは大番頭さんの方を、探ることにしたわけ」

鳴家は、人には見えない妖であった。つまり側《そば》にいるだけで、忠七の行いを見張ることが出来るのだ。

「なるほど、そういう事情なの」

「もし忠七さんに、何も見つからなかったら、その後、仁吉さんの方をどう探るか、考えりゃいい話だ。ほれ、今は寝てな」

頷くと、熱が上がっているのか、若だんなは直ぐ、うつらうつらしてきた。すると横で、金次と場久が碁を打ち始め、残っていた小鬼が何匹か、蒲団に潜り込んでくる。何か、不思議な程、気持ちが良かった。

(ああ、前と変わらない。のんびりした離れだ)

悩み事は何も収まっていないが、何だかほっとしてきた。気持ちが落ち着くと、熱があるのに、頭の中が、すっと晴れてくるような心持ちになった。

(変だね。眠たいのに、いろんな考えが浮かんでくる)

忠七と仁吉は、もう一度話し合わねばならない。そして、最後は若だんなが責任を持って、この先どうするか決めるわけだ。

(そうすれば、気に入らない結末になっても、二人は受け入れてくれると思う。長崎屋として、ちゃんと答えを出せるんだ)

ようよう答えに行き着くと、それを早く、二人へ伝えたくなった。だが、酷《ひど》く眠いとも思った。

(おとっつぁんは店主として、毎日、毎月、毎年、色々な事を決めてきたんだな。そしてその結果を、背負ってたんだ)

頷く若だんなの耳に、碁石を打つ音が、気持ちよく響く。小鬼の寝息も聞こえる。こうして寝付いてしまったのに、やっと何かをやれそうな気がしてきて、不思議だった。

この先一年は、今までとは違った年になる。失敗も山としそうだ。そして、それでいいと思えてきた。

(これからも片意地張らず、妖達と一緒に、やって行けばいいんだ)

妖達には、山ほどお菓子を買って、謝らなくてはいけないと思う。

やっと、そう思えたとき、笑みが浮かんできた。そして、いつとも分からぬ間に、深い眠りに引き込まれていった。


目が覚めると、事は更に動いていた。大番頭の傍らから帰ってきた鳴家が、堂々と、妙なことを言い出したのだ。

「ぎゅい、竹ノ助さん、消えちゃった。鳴家になって、人から見えなくなったのかも」

「へっ？　手代さんが、妖になった？　あのね、鳴家。まさかだよ」

若だんなは蒲団の上に身を起こし、羽織に腕を通すと、苦笑を浮かべ小鬼を撫でた。

しかし、それ以上の事情が分からない。蒲団の周りに集った妖達は、鳴家達を逆さまにして振ったが、やはり、他の事情は出てこない。それで、おしろや屏風のぞきが仕方なく、影の内へ入り、母屋へ忍び込んでいった。

するとニ人は、店の奥の間に仁吉達が集まっていたと、離れへ知らせに戻ってきた。

「忠七さんと仁吉さんが、怖い顔を突き合わせてました。いえ二人だけじゃなく、佐助さんと、廻船問屋の大番頭、吉高さんもいました」

水夫《かこ》上がりの大男で、強面《こわもて》の吉高を苦手とする者は結構いると、おしろは言う。誰より大番頭同士が、正直なところ、相性がいいとは言えないらしい。

「ですがいつもは、廻船問屋と薬種問屋、それぞれの店にいますし。それに吉高さんは普段、堀川《ほりかわ》沿いに建つ、長崎屋の蔵にいることも多いですから」

だから、構わなかったのだ。

「双方の上には、旦那様がおられますしね」

だが、その藤兵衛が居なくなった途端、大番頭達の相性の悪さが前面に出てきたと、おしろが口にする。

「吉高さんが機嫌悪そうな顔で、忠七さんを責めてました。まあ、お店の金を持ち逃げされたんですから、仕方がないですが」

若だんなが目を見張った。

「持ち逃げ？　あの、おしろと屛風のぞき、店で、揉め事が起きてるのかい？」

ならば話を飛ばさず、誰が、どんなことで、なぜ揉めているのか、分かるように話して欲しいと、若だんなが寝床から願った。

「ぎょんげ。若だんな、鳴家は分かる」

「小鬼や、何が分かるの？」

「これから何か、分かる」

おしろ達によると、母屋で仁吉達が揉めているのは、薬袋の問題だという。

「大番頭の忠七さんは、旅用の薬袋の件、諦《あきら》めていなかったんですよ」

町名主の手代竹ノ助に、思いついたことがあったのだ。町名主達を料理屋にでも集め、そこで旅用の薬袋を実際に見せれば、きっと売り込める。竹ノ助はそう、忠七へ勧めたらしい。それで。

「忠七さんは竹ノ助さんへ、その仕切りを頼んだってことです」

料理屋を借り、町名主達をもてなすことになった。料理屋を二人で見に行った時、竹ノ助が見本の薬袋と、薬に当てる金があるかを、確かめたいと言い出した。薬袋作りに賭けていた忠七は、後日その二つを揃え、見せたという。

するとここで、おしろと屏風のぞきが、顔を見合わせる。

「竹ノ助さんは、その薬袋と金を、持ち逃げしたんですよ」

「なんと！」

離れの内が、ざわめく。

竹ノ助の姿が消えた後、忠七は慌てて、名主屋敷を訪ねたという。だが手代は、町名主の屋敷からも消えていた。部屋から荷がなくなっていたので、初めから金を持ち逃げする気であったと分かった。

屏風のぞきが、首を大きく横に振る。

「竹ノ助さんへ見せた、薬袋を作る為の金だけど。忠七さんは、薬種問屋長崎屋の金箱から出してたんだ。五十両も用意してたとか」

「五十両……」

若だんなが呆然《ぼうぜん》とつぶやく。貧乏神として金に強い金次が、にたりと怖い笑みを浮かべた。

「大枚だな。それだけありゃ、借家を借りて、店を開ける」

大番頭達と仁吉らが、眉間《みけん》に皺《しわ》を寄せつつ、話し合いをしているのもうなずける額であった。

金次は続けた。

「大番頭さんが、店の金をごっそり使ったときは、商いのための出費なのか、主が確かめるわな」

今日は若だんなが伏せっているから、大番頭の吉高と、仁吉、佐助が、あらためるわけだ。金次の眼差しが、母屋へ向けられた。

「消えた五十両は、忠七さんが使ったわけじゃない」

一見忠七に、非は無いわけだ。

「ただなぁ、薬袋の件を、町名主と絡《から》めることには、仁吉さんが反対してたからね」

なのに忠七は自分の一存で事を進め、あげく五十両を、竹ノ助に持ち逃げされたのだ。

「つまり、ちょいと拙い事になりそうだな」

金に馴《な》れている金次は、そう断じた。

「多分、大番頭の不手際《ふてぎわ》を知らせる文を、吉高さんが西国へ送ることになるよ。忠七さん、隠居金をもらうどころか、店に損をさせたからと、首になるかも知れないぜ」

長く長く、長崎屋で勤めたあげく、隠居寸前で、しくじることになるわけだ。金も仕事も失う。

「酷く気落ちするだろうねえ。いい年なのに、大急ぎで、新しい仕事を探すことになるんだから」

「金次、まだ大番頭さんが、長崎屋を辞めることになるとは、決まってないよ」

若だんなとしては、竹ノ助の盗みの責めを、忠七が受けるのは、妙に思えるのだ。

「おや、若だんなが忠七さんを助けるかい？　でも、どうやって？」

金次が、若だんなを覗《のぞ》きこんでくる。

「止められたのに勝手をして、あげく、店の金を盗まれたってぇのは、いただけない話なんだよ」

乾いた声が聞こえた。

「若だんなはまだ、一人前じゃない。大番頭が可哀想《かわいそう》だから、見逃して欲しいと言ったところで、吉高さんや仁吉さん達が承知するはずもない」

若だんなの為に、吉高達は承知しないと、貧乏神はいう。

「忠七さんが五十両取り戻せるなら、望みはあるかもしれないが。でも、あたしが竹ノ助なら、すぐに上方へでも逃げるね」

竹ノ助は、町名主の手代であった。その仕事を放り出し、しかも人から大金を盗んでいる。

「町役人と大店を裏切ったんだ。江戸の町で暮らしていくのは、危ういだろ」

町から居なくなった男を捕らえることは、むずかしい。

「さて、若だんな。この先、どうする気だ？」

「それは……まだ分からないけど」

ただ、ここで忠七を切ってしまうのは、違う気がした。しかしことには、大金が絡んでいる。だから別の幕引きが出来るとしたら、店を任されている若だんなだけであった。

「熱が下がって、私が起き上がれるようになるまで、何日か猶予《ゆうよ》を持てるよね。妖の皆に、竹ノ助さんの行方、捜して貰《もら》えないかな」

「捜して、どうする？」

「見つかってから、考える」

「ひゃひゃっ、承知」

若だんなは、唇を引き結ぶことになった。

6

何日か後の、昼間のこと。

若だんなは起きられるようになると、店奥の間へ、薬袋の件で皆を呼んだ。大番頭の二人と兄や達を、部屋へ入れたのだ。すると天井が軋《きし》み、影の内から小声が聞こえてくる。長崎屋の離れに巣くう妖達が、興味津々《しんしん》、影内から部屋内の様子を、見にきていると分かった。

若だんなは四人へ、まずは部屋で集った訳を告げる。

「竹ノ助さんと五十両のことで、知らせがあるんだ」

町名主の手代竹ノ助は、忠七から預かっていた金を持ったまま、姿を隠していた。

「その竹ノ助さんだけど、やはり西へ向かったと分かった。一軒家に住むおしろさんの知り合いが、東海道の戸塚宿を歩く竹ノ助さんを、見かけたんだ」

長崎屋の薬を持っていると、匂《にお》いで分かったとかで、男に興味を持った戸塚の猫又虎《とら》は、おしろへ知らせてきたのだ。

「なんとっ。あいつはやはり、もう江戸にはいないのか」

声を上げたのは忠七で、着物の膝を握りしめ、身をわずかに震わせている。若だんなは頷くと、話を進めた。

「小判は重いよね。旅で大金を持ち歩くと、歩き方で見抜かれ、賊に襲われかねないという話だ。なのに為替にせず、大枚を持ち歩いてた男がいたんで、戸塚の衆は疑問に思ったんだとか」

この男は賊で、長崎屋へ押し入ったのではないかと、虎はそんな事まで考えたらしい。金の出所を知りたがった虎は、長崎屋へ文を出した後、男と同じ湯屋へ入り込んだ。そして大きな風呂《ふろ》で、大金を持っているだろうと、正面から問うたのだ。

「そ、それは大胆なことを」

「忠七さん、すると男は、金は富突きで当たったものだと言ったそうだ」

百両当たったので、寺へ金を納め、近所で祝いを開き、親の里へ帰ることにしたら、今、金は半分近くになってしまった。男は風呂で、そう語ったらしい。

長崎屋の薬袋は、遠方への旅に備え、購《あがな》ったもの。男はそう言うと、風呂からあがった後、虎へ、往来手形まで見せてきたという。

「男は、町名主の手代だったとかで、手形もきちんとしてた。虎さんは、金に興味を示したことを謝った。そして別れた後、悪い御仁《ごじん》ではなかったと、戸塚から二通目の文を、おしろさんへ送ってきたというわけなんだ」

それを耳にした仁吉と佐助が、天井を向き、吉高は首を振った。

「そいつは町名主の手代で、長崎屋の薬袋を持ってたんですよね。となれば、金を奪った竹ノ助に、違いないと思います」

町名主の手代であれば、見よう見まねで、己の往来手形を用意することも、出来たに違いない。吉高はここで、溜息を漏らした。

「初めて会った者に、大枚のことを語った上、往来手形まで見せたんですか。危ういことをしたもんだ」

竹ノ助は、忠七から金を奪った。その金をまた、奪おうとする者が現れても、なんの不思議もないのだ。

若だんなが頷き、忠七へ目を向ける。

「虎さんから送られてきた文にね、なんと、竹ノ助さんがどうして五十両へ手を出したのか、心の内が分かるような事が、書いてあったんだ」

「は？　あの手代がそんなことまで、他人に語ったんですか？」

「もちろん竹ノ助さんは、金を盗んだと、話したわけじゃないよ」

竹ノ助が口にしたのは、己の懐《ふところ》にある、〝富突きで当たった金〟についてのことであった。

「大金を持っていても、盗んだ金だもの。竹ノ助さんは、自慢一つ出来ない。だから富突きに当たったことにして、久方ぶりに、金の話をしたかったんだろう」

若だんなは、目にした竹ノ助の気持ちが、少し思いがけないものだったと口にした。

「きゅんべ?」

「竹ノ助さんは、当たった富突きの金を見たら、もう働きたくなくなったんだそうな」

「はあっ? 働きたくない?」

忠七が黙り込んでいる横で、吉高が声を上げ、佐助が苦笑いを浮かべる。

「竹ノ助さん、結構若いんですよね。ああ、二十歳と少しでしたか。五十両のみで、一生暮らせると思ってたんでしょうかね?」

虎は竹ノ助の言葉を、文にこう書いてきていた。

「富突きで百両当たったら、一生が変わる。五十両当たったら、ずっと困らず暮らせる。三十両でもいい、当たれば生きていける。そう、竹ノ助さんは湯屋で、虎さんへ言ったようなんだ」

町名主の屋敷へは、色々な相談事が持ち込まれる。金に困った者の中には、富突きを当てたいと願った者も、多くいたに違いない。

長年の間に、大勢が語った望みは、手の届かないまま夢と化して、手代の心の内に陣取っていたのだろうか。それさえ手に入れれば、何とかなる筈《はず》と、思い込んでしまったのか。

「でもね、もし五十両当たったとしても。それだけで一生、左うちわで暮らす訳にはいかないよね？」

以前栄吉《えいきち》が、大工ならば五十両くらい、二年で稼ぐと言っていたのだ。佐助が頷く。

「そして、出る金も多いですよ。大工の手元には、余り金が残らないと聞いてます」

つまり、だ。今度は仁吉が語った。

「まとまった金があれば、暮らせるっていうのは、安定した仕事が見つかるという話だと思います」

江戸でなら大家株とか、町役人の端、書役の株が買える。固い生業《なりわい》で暮らして行くことが、出来るようになるということなのだ。

「要するに、働き続けにゃならないって話です。五十両あったら、明日から何もしなくていいってことじゃありません」

しかもだ。町役人の株を買うと言っても、金さえ払えば、誰でもなれる訳ではなかろう。仁吉は佐助と、顔を見合わせる。

「竹ノ助さんは、手代という固い仕事を放り出して、西へ向かったんだ。また、せっせと働きたくて、江戸での暮らしから逃げたわけじゃ、なかろうと思いますが」

さて向かった西で、どういう暮らしをするのだろう。いや、何が手に出来ると思い描いて、五十両へ手を伸ばしてしまったのか。仁吉の言葉を聞き、忠七が小さな声を出す。

「小判など、若い竹ノ助さんへ、見せてはいけなかったのかもしれませんね」

だが竹ノ助は、若くとも大人で、日々町名主を助け、仕事をしていた者なのだ。金も、とうに、山と見てきていたはずだった。

「なんで今回、手が出てしまったんだろうね。何だか、手に入れやすそうに見えたのかな」

分かりませんと言った忠七に、若だんなは、ぽつりと言葉を付け足した。

「さっき、一軒家の金次さんが言ってた。竹ノ助さん、無事、上方へ着けるかなって」

貧乏神が語る、恐ろしき言葉であった。竹ノ助は猫又が見ても、金を多く持っていると分かる、歩き方をしていたのだ。

(貧乏神が告げたのは、金が失われるという恐怖だろうか。ならば、竹ノ助さんが進む街道に、現れるのは賊か)

兄や達が顔を引き締め、長崎屋の天井が軋む。ここで吉高が、そろそろ客が来る刻限だからと、若だんなへ目を向けてきた。

「それで、この後、どうなさるおつもりですか？　若だんな、竹ノ助は江戸を離れた」

岡《おか》っ引《ぴ》きに、捕まえてくれとは言えなくなったのだ。すると若だんなは、皆へきっぱりと告げた。

「竹ノ助さんが、五十両と薬袋を持ち逃げした件は、今日、この場で終わりとする。あの金は、店の損金として片付ける」

それが、若だんなの答えであった。

「吉高さん、不服もあろうと思う。けど、その不満は、一年後、おとっつぁんが帰ってから、店の主に話しておくれ」

若だんなが、店を預かっている間に起きたことは、若だんなが始末をするのだ。

するとと吉高は、居住まいを正してから、若だんなへ問う。

「その判断は……忠七さんへの配慮ですか？」

確かに忠七は長年、真面目《まじめ》に店へ尽くしてきた、大番頭だ。しかし、五十両しくじったのは確かなのだ。ならば、隠居金から五十両をさっ引き、忠七を直《す》ぐ、店から引かせるやり方も、あるはずだと、吉高は言う。

しかし、若だんなは首を横に振る。

「今回長崎屋が関わった件で、一番拙いのは、町名主さんへ迷惑が及ぶことだ。うちが、大番頭さんに罰を負わせたら、何があったかと、噂《うわさ》が立つだろう」

同じ頃、小森家の手代が消えた事も、必ず噂になる。大店から五十両盗んで消えたとなれば、町名主小森家も、関わり無しでは済まない。竹ノ助は、町名主の屋敷で薬袋を売ると言って、忠七を釣ったのだ。

「話が表沙汰《ざた》になったら、多くの人が巻き込まれてしまう」

江戸では、それが決まりであった。竹ノ助を雇っていた町名主は、何をやった訳でもないのに、奉行所へ呼ばれるだろう。長崎屋のしくじりで、そんな大事は起こせなかった。

「余所《よそ》へ、迷惑は掛けられないいんだ」

だから若だんなは、今回の騒動を封じると決めた。

「皆、承知しておくれ」

すると。四人の頭が下がり、了解するとの言葉が聞こえてくる。仁吉が顔を上げると、その目が潤《うる》んでいた。

「若だんな、立派な決断をなさいましたね。大きくなられて」

「仁吉、いつまでも、小さな子供じゃないんだから、泣かないでおくれ。ああ、佐助まで、泣き出してるよ」

若だんなは最後に、忠七へ目を向けた。

「薬袋だけどね、もう売るときに、町役人さんとは関わらないことにする。ただ別のやり方で、少しずつ売って行こうとは思ってるんだ」

いきなり大きな利は出せなくても、今回失った五十両を補える商品になるよう、育てていくつもりなのだ。

「だから忠七さんには、薬袋を作る方でも、これから働いてもらうよ。それが今回の件で、忠七さんが負う始末だ」

隠居という字が思い浮かんでるようだが、まだ無しだと若だんなが言う。すると忠七は畳に顔を擦《こす》りつけるようにして頭を下げ、頷いている。

吉高も兄や達も口を挟まず、これで薬袋の騒動は、幕引きと決まった。

若だんなは離れへ戻った後、妖達に頭を下げた。そして、今回力を貸してくれた妖へ、薬袋を届けたいので、一緒に作って欲しいと頼んだのだ。

妖達は、満足げに頷いた。

「それがいいよ。若だんな、盗られた五十両くらい、妖が関われば直ぐに稼げるさ」

屏風のぞきが、何故《なぜ》だか胸を張り、小鬼が嬉《うれ》しげに走り回る。金次は何故か、怖い笑みを浮かべていた。

「若だんな、あたし達は今、街道の猫又達に頼みごとをしてる。竹ノ助が無事、上方へ着くか、見ていてもらってるんだ」

街道沿いには、所々に猫又が住んでいるので、大した手間ではない。妖達は、竹ノ助の明日に、興味津々なのだ。

「あたしは、竹ノ助が無事ではいられない方に、羊羹《ようかん》を賭《か》けてるんだ。おや、怖いことを言うなって？　ひゃひゃっ、貧乏神に関わって欲しくなきゃ、馬鹿《ばか》などしないで暮らした方がいいな」

若だんなが言葉に詰まっていると、離れの内の話は、薬袋のことに移っていった。その件は、既に方々の妖達へ伝わっているらしく、作ると決まる前から、何故だか注文が来ているらしい。

「きょんい、鳴家が話した。鳴家、役に立つ」

屏風《びょうぶ》のぞきと金次が顔を見合わせ、珍しくも共に頷いた。

「ああ、大いに力を貸して貰おう」

「小鬼は数が多いから、薬を飲ませて、お試しするのに向いていそうだな」

「ぎょんげ？　食べるの？　美味《おい》しい？」

「美味しいやつは、効かなさそうだ。栄吉さんの饅頭《まんじゅう》くらい、強烈な一服がいい」

「屏風のぞき、どうしてここで、栄吉の饅頭を、引き合いに出すんだよ」

眉尻《まゆじり》を下げる若だんなの横で、おしろが、妖用の傷薬が欲しいと言い出した。今回、竹ノ助のことを知らせてくれた虎が、長崎屋の薬袋を見て、是非、自分達も欲しいと伝えて来ているのだ。

「特に傷薬が要るって、どういうことでしょうね。戸塚の猫又達は今、何をしているんだか」

どんな薬を作るか、何が妖に効くか、皆とわいわい話してゆくのが楽しい。

若だんな用の薬を、屏風のぞきが試しに一粒、鳴家の口に放り込む。すると小鬼が、「きょげっ」と鳴き、見事にひっくり返った。

「わあ、大丈夫？」

若だんなは慌《あわ》てて小鬼を抱き上げると、口から薬粒が出て、小鬼が目を覚ました。直ぐに屏風のぞきと喧嘩《けんか》になり、妖達がはやしたてる。

「こら、二人とも、お止《や》めってば」

この先、藤兵衛がいない一年を、無事に過ごしていくのは大変だろうと、若だんなはしみじみと感じていた。

しかし、きっとやっていけると、妖達と笑いつつ、思ってもいた。

ほうこうにん

1

江戸は通町《とおりちょう》で、廻船問屋《かいせんどんや》兼薬種《やくしゅ》問屋を商っている長崎屋《ながさきや》には、いつもと少しばかり、違った毎日が訪れていた。

主《あるじ》夫妻が揃《そろ》って西国へ、湯治《とうじ》に出かけてしまったのだ。よって店は今、若だんなの一太郎《いちたろう》に託されていた。

ただ若だんなは、昨日は死にかけており、今日も亡《な》くなりそうであり、明日は墓の内に入っても、誰も驚かない病弱者であった。

しかしそれでも、両親が旅に出たのだから、代わりにしっかり働きたいと、張り切っていたのだ。

よって。

長崎屋を支えている奉公人達は、用心をし始めた。若だんなへ、金儲《もう》けの苦労を背負わせたらまた倒れると、せっせと働き始めたのだ。

まずは、廻船問屋を背負って立つ手代《てだい》の佐助《さすけ》が、朝餉《あさげ》の後、若だんなへ、新たな儲けを告げてくる。

「若だんな、二隻《にせき》の北前船《きたまえ》が、長崎屋の荷を運び、江戸へ戻って参りました」

船荷は鮭《さけ》と紙、紅餅《べにもち》、薬に絹織物などだ。一航海の商いで、三千両ほどの利が出たという。

「二隻には錦絵《にしきえ》や煙草《たばこ》、木綿などなどを積みまして、また出港させます。若だんな、このように儲かっておりますので、何も心配なさらず、ゆるりと休んでいて下さいね」

佐助は大福帳《だいふくちょう》と算盤《そろばん》の代わりに、若だんなへ、菓子と茶を勧めてくる。

一方、薬種問屋を支えている仁吉《にきち》は、若だんなを見ると、小声で話しかけてきた。

「若だんな、猫又《ねこまた》だけでなく他の妖《あやかし》も、良く効く傷薬と、痛み止めが欲しいと言ってきました。薬の代金として、天狗《てんぐ》が山奥の沢で拾った金粒《きんつぶ》を、早くも送ってきております」

先に薬を買った猫又が、長崎屋の品であれば人ならぬ者にも効くと、語ったためらしい。最近長崎屋では、妖からの注文が増えているのだ。

そもそも若だんなの祖母、おぎんは大妖《たいよう》で、人ではない。長崎屋は店を開く前から、妖達と縁が深かった。

しかし、若だんなは首を傾《かし》げる。

「天狗達は、熱冷ましとか胃薬は、要《い》らないのかしら。そっちの注文は来ないね」

「妖達が病になったという話は、滅多に聞きません。だから天狗は怪我《けが》や傷の薬を、求めているのでしょう」

「天狗ったら、また喧嘩《けんか》、してるんだね」

しかも天狗が送ってきた金粒は、巾着袋《きんちゃく》に一杯入っており、持ち上げるのも重い程ある。若だんなは目眩《めまい》を覚え、困った顔になった。

「仁吉、こんなに多く貰《もら》って、どうしよう。薬屋を開けるほどの金だよ」

「なに、薬を送った分だけ、預かった金から貰えばいいだけです。妖達は長生きですから、その内、金も無くなりますよ」

「何と、気の長い話だね」

若だんなはそのまま、帳場へ向かった。しかし、妖には文句を言わなかった仁吉が、若だんなが働こうとすると、しかめ面《つら》になる。

「若だんな、長崎屋はこのように、立派に売り上げております。店同士や町の付き合いは、大番頭さん達がこなしております。ですので、若だんなは心置きなく休んで下さいまし」

親から店を任されたというのに、ここまで何もやることがないと、退屈で寝込みそうになる。若だんなが仕方なく、今度は廻船問屋へ向かおうとすると、佐助が慌《あわ》てて、一休みしてくれと、奥の六畳間へ誘った。若だんなが顔を顰《しか》めると、佐助はそこで、初めて聞く話をしてきたのだ。

「そうだ、若だんなへ伝えておきたいことが、あったんです。実は仁吉と話し合ったことが、ありまして」

「えっ？　何か店で起きたの？」

暖かい六畳間で、ようやく自分も役に立てるかと、若だんなが佐助へ顔を向ける。すると兄《にい》やは、思わぬことを告げた。

「旦那《だんな》様が旅立たれた後、私と仁吉が、若だんなの側《そば》に居られないことも、ままあります。ですが、若だんなを一人にしてはなりません」

それで廻船問屋と薬種問屋に、新しい奉公人を置くことにしたという。

「えっ、長崎屋にはもう、沢山の奉公人達が、いると思うけど」

若だんなが首を傾げると、兄やは落ち着いた顔で、とんでもないことを伝えてきた。

「若だんな、我らは屏風《びょうぶ》のぞきと金次《きんじ》を、店表で使おうと決めたんですよ。あの二人ならば、若だんなとの付き合いも長いですから」

二人をそれぞれ、薬種問屋と廻船問屋へ置くという。そうすれば、どちらの店でも、いつでも、若だんなに誰かが付き添うことができるのだ。

「素晴らしい思いつきです」

「へっ？　あの二人は、人ならぬ者達だよ？」

それを堂々と、長崎屋で働かせようというのだろうか。しかも片方の金次は、金儲けの敵、貧乏神なのだ。

しかし、廻船問屋を預かっている佐助は、平気な顔で語っていく。

「おしろや、鈴彦姫《すずひこひめ》もしっかりしています。ですが、おなごを店に入れても、奥向きの仕事をすることになります。若だんなの傍《かたわ》らで、仕事をさせることが出来ませんから」

場久《ばきゅう》は噺家《はなしか》としての勤めがあるし、守狐《もりぎつね》達が一に守るのは、若だんなではなく、母のおたえだ。他の妖達は、長崎屋に居ないことも多い。

「やはり金次と屏風のぞきが、一番向いていそうです。まあ、困る点もありますが」

「そ、そうだよ佐助。二人は人じゃない。奉公人達の間で働いて、万に一つ正体が知れたら、どうする気だい？」

佐助は、若だんなの傍らで腕を組みつつ、渋い声で言った。

「問題は、屏風のぞきを何と呼ぶか、ですね。金次は、一軒家の住人だから、名を変えない方がいいでしょうが、屏風のぞきと呼ぶのは、やはり拙《まず》いでしょう」

「……佐助、悩むところ、そこなの？」

若だんなが、店の奥で呆然《ぼうぜん》としていると、仁吉も、六畳間へ顔を見せてくる。

そして驚いたことに、仁吉の後ろから、今、話に出ていた二人が、姿を現してきたのだ。しかも二人とも、奉公人が着るような着物を、既に着ていた。

いつも華やかななりの屏風のぞきが、随分地味な姿になって、眉尻《まゆじり》を下げている。貧乏神の方は、やはり骸骨《がいこつ》に着物を被《かぶ》せたような、死にかけの男にしか見えなかった。

「ありゃま」

若だんなは、既に二人の奉公は決まっているのだと知った。

2

金次は、廻船問屋長崎屋で働くことになった。

灰色の、細縞《ほそじま》の着物を着て、奉公人として店表にいてくれるよう、兄や達から頼まれたのだ。

「はて、何でこんなことに、なったんだっけ？」

貧乏神は、佐助に付いて廻船問屋の方へ行きつつ、珍しくも真面目《まじめ》に悩んだ。

すると、離れで屛風のぞきと碁《ご》を打っていた時、兄や達が現れたからだと思い出した。二人はいつものように、若だんなの心配をしていた。よって貧乏神達の傍らに座って、こう言ったのだ。

「長崎屋の主は、西へ旅立った。大番頭方はそろそろ、分家した後のことを思い描いてるようだ。まあ、そういう歳《とし》だからね」

よって佐助と仁吉が、若だんなに金の苦労をさせないため、長崎屋をしっかり支えていかねばならないのだ。

「ああ、そりゃそうだね」

金次も屛風のぞきも、そこには納得した。

「だが商いに忙しくなると、どうしても若だんなから、目が離れる時が増える」

二人は離れでそのことを、酷《ひど》く心配していたのだ。金次は、大きく頷《うなず》いた。

「その心配、分からないでもないな。若だんなときたら、あれだけ弱っちいのに、いつも何か、やりたがってるからねえ」

　すると兄や達は、分かってもらえて良かったと言い、それから金次と屛風のぞきへ、奉公人の着物を見せてきたのだ。

「だからね、二人には旦那様が帰って来られるまで、長崎屋で働いてもらおうと思ってる。そうだね、屛風のぞきは、薬種問屋の方が良いだろう。離れでいつも、若だんなへ薬を飲ませてる。薬に馴《な》れてるからな」

　ならば、金次は廻船問屋に勤めることになる。ちゃんと給金も出すと、兄や達は言ってきた。

「へっ？」

　金次と屛風のぞきは、あの時、もの凄《すご》く魂消《たまげ》た。

「長く長く生きちゃいるが、長崎屋へ来てからの毎日は、特別だよねえ」

　若だんなの側で暮らすと、目を見開き、言葉を失うようなことに、ぶち当たったりするのだ。あの時金次は、真剣に問うた。

「あのぉ、兄やさん達、よう。貧乏神を、店の奉公人にしようって無茶な考え、一体、どこで拾ったんだ？」

　店が潰《つぶ》れても知らないよぅと言うと、佐助は笑った。

「金次が長崎屋を貧乏にする気なら、もうとっくに潰れているはずだ」

金次は、自分が勤勉ではないと言われたように思えて、ちょいと腹が立った。それで、無理に店で働かせると、本当に長崎屋を潰してしまうと凄んでみた。

すると佐助は金次へ、大福帳のような、束になった紙を差し出してきた。

「金次は字を書けるよな？　ああ、良かった。とりあえず私と組んで、船荷の手配を受け持ってもらうから」

「字は書けるけど。でも佐助さん、あたしが店に居て、怖くないのかって聞いてるんだよ。貧乏神なんだよ。どうなんだい？」

「確かに、水夫《かこ》達とお前さんが揉《も》めるのは、ちょいと怖いな。金次より、喧嘩《けんか》に馴れてる奴《やつ》らばかりだから、引き離すのは大変だろう。用心してくれ」

佐助はここで、金次には長く、廻船問屋にいて貰わねば困るからと続けた。

「特に、若だんなが店表へ来た時は、側にいておくれ。他の仕事より、そっちが大事だ。承知か？」

「あ、そりゃそうだろうけど」

「うん、分かってくれてありがたい。これからよろしくな」

妙に嚙《か》み合わない話をした後、妖らは、早々に奉公人に化けてみることになった。

金次は屏風のぞきと共に、古着屋で買ったのではない、真新しい着物へ着替えたのだ。

ところが店奥の部屋で、同じ柄の着物を着た屏風のぞきが、金次を見て笑いだした。

「何故《なぜ》だろうね。金次さん、着替える前よりも貧乏くさく見えるよ」

金次は、着物を包んでいた風呂敷《ふろしき》で、付喪神《つくもがみ》の頭を打《ぶ》ってから、碁敵へ問う。

「屏風のぞき、笑っているが、お前さんは大丈夫なのかい？ 付喪神なんだ。お店で働いたことなんかなかろう」

「へっ？ どうして心配するんだい？ 奉公人の格好をして、若だんなの側にいるだけの話なんだろ？」

帳場の横に座っているなら、自分でも出来ると、屏風のぞきは言い出した。金次は一寸《ちょっと》、目を丸くしてから、天井を見上げる。

「あたしは貧乏神として、大店《おおだな》相手に、戦いを仕掛けた事が何度もある。店で働くという意味を、付喪神よりは知ってるみたいだな」

「何だよ、それ」

のんきな屏風のぞきは、どう考えても奉公人としては、危うい輩《やから》だと思う。

「けど兄やさん達は、それでもいいと言ったんだ。つまり、ま、いいか」

金次は深く頷いた。勝手に奉公を決めた、二人が悪いのだ。使いものにならなければ、その内、辞めろと言いだすだろう。

「まぁ、あたしだって、続くとも思えない。直《す》ぐに一軒家へ戻ることに、なりそうだね」

金次はそう思い至ったので、薬種問屋勤めに決まった屏風のぞきを置いて、己《おのれ》は佐助に従った。佐助は早々に、大福帳の書き方を、金次に伝えてくる。

「だがこの仕事より、とにかく若だんなを、一人にしないでおくれ。旦那夫婦は、一年くらいでお帰りになるから」

人ならぬ身にとって、一年は、飛ぶような速さで過ぎて行く程の時であった。それくらいの間なら、きっと奉公も面白いと思い、金次は頷く。

奉公人の姿を隣の間にいた若だんなに見せると、目を丸くしていた。


「若だんな、金次は廻船問屋で、あたしは薬種問屋で働くんだってさ。仁吉さん、度胸がいいんだね。付喪神を、店表に置こうっていうんだから」

店奥にある六畳間へ戻り、若だんなに向き合うと、屏風のぞきは正直に言った。すると若だんなは苦笑を浮かべ、次に、少し心配げに問うてくる。

「屏風のぞき、毎日働くことになるけど、いいの？　兄や達を怒らせて、がみがみ言われるより、ましだって？　ああ、二人が怒ったら、お菓子もお酒もご馳走《ちそう》も、当分お預けだからか。それは、あるかもねぇ」

ならば、しばらく店表にいておくれと、若だんなが優しく願ってくる。頼られているようで、少し良い気持ちになった屏風のぞきは、鷹揚《おうよう》に頷いた。それから、仁吉から言いつかっていることがあると口にする。

「若だんなに、小まめに、薬湯を飲ませろって言われてる。店表にいると、つい飲むのを忘れるから、だってさ。それと、危ういことが起きたら、兄やさん達へ知らせろってことだった」

さすがに、二つくらいの頼み事は出来ると、屏風のぞきが笑う。薬湯の話が出たからか、若だんなは溜息《ためいき》を漏らした。そしてその後、薬種問屋の皆へ顔見せする前に、急いで決めたいことがあると言い出した。

「屏風のぞきを皆へ紹介する前に、新たな名を考えなきゃね」

兄やも、呼び名を付けねばと、口にしていたのだ。

「金次の名は、そのままで大丈夫だろうけど。屏風のぞきじゃ、人とは思えないもの」

首を傾げる屛風のぞきの向かいで、さて何と呼ぼうかと、若だんなが名を並べる。

「屛風じゃ、物みたいだし。のぞき、でも変だよねえ」

屛風のぞきの名を、色々切って口にした後、若だんなはぽんと手を打った。

「風の、にしよう。〃風野《かぜの》〃さん。うん、これなら人と思える名だ」

そして風野は、名前というより、名字の響きだという。

「なら屛風のぞきは、親の代からの浪人で、思い切って町人となった人、ということにしようか。うん、それなら店で名字を名のっても、不思議じゃないもの」

また浪人なら、長屋暮らしの町人と少し違った所があっても、妙に思われないだろう。若だんなは、これから店表で屛風のぞきを、風野と呼ぶと言ってくる。

屛風のぞきは、不満を覚えた。

「若だんな、何でそんな、下《した》っ端《ぱ》な立場に決めるんだい？　偉いお武家だったが、浪々の身になったって話でも、いいじゃないか」

その方が、格好が良い気がしたのだ。奉公人の灰色の着物が、酷く地味に思えて、屛風のぞきはちょいとつまらなく感じていた。

「出自くらいは、派手なものが良かったのに」

だが若だんなは、首を横に振った。話を派手に盛っては、嘘《うそ》が分かって困ってしまうという。

「屏風のぞきは、刀が全く使えないだろ。偉い方が使うような、立派な武家言葉も話せないし」

長崎屋の新しい奉公人が、偉い武家だったと噂《うわさ》が立てば、お客は興味津々《しんしん》、あれこれ話を向けてくる。そうなったとき、返事に困るのは屏風のぞき自身だと、若だんなは語った。

「だから、ありふれているのが一番だよ」

「だけどさ、けどさ、でもさ……うん、分かったよ」

「きゅいきゅい、屏風のぞき、変。風野？」

いつの間にやら、小鬼達が六畳間へきて、はやし立ててくる。若だんなは立ち上がると、奉公人達に引き合わせると言って、店表に向かった。

「やれ、毎日が変わっちまうな」

いよいよ長崎屋で働くとなると、一日中、貧乏神と碁を打ち、大福を焼いていた毎日は、しばらくお預けだと分かってくる。

「ちょいと、つまんないかな」

だが。

勤め始めるとじきに、そんな気持ちは、吹っ飛ぶことになった。悠長に、つまらないなどと言っている余裕は、なくなってしまったのだ。

3

廻船問屋長崎屋の外、堀川《ほりかわ》沿いにある船着き場で、佐助は金次を、店の外にいた面々とも引き合わせた。

今、江戸の湊《みなと》へ、長崎屋の船が入っているとかで、そこから小さな艀《はしけ》に移した荷が、山と届いている。船着き場近くの荷上場には、水夫や奉公人達が多く来ていたのだ。

「忙しいだろうが、皆、ちょいと聞いとくれ。廻船問屋長崎屋に新しく入った手代、金次さんだ。これから一緒に、仕事をすることになる」

番頭や手代、水夫、小僧達を集め、佐助が金次の名を告げる。近くの一軒家に住んでいると言ったが、承知している水夫はおらず、興味津々見てきた。特に水夫達は、遠慮が無かった。

「なんだい、この貧乏そうなおやじは。佐助さん、この男を本当に、廻船問屋長崎屋の手代として、店に入れるんですか。へぇえ」

いかにも馬鹿《ばか》にした口調で言われたが、貧乏神は、いつもみすぼらしいなりでいるから、見下されるのには馴れている。腹も立たなかった。

しかし佐助が、阿呆《あほう》を言うなと水夫達を睨《にら》む。それから金次のことを、堂島《どうじま》で相場を張っていた、相場師なのだと告げた。

「かなりの金を、動かしてきた男だぞ。だがまぁ、廻船問屋で働くのは初めてだ。だから皆、色々助けてやってくれ」

途端、皆の様子が変わった。

「へええ、金次さんは堂島で、金儲けをしてたんですかい。そりゃ凄いわ」

長崎屋の水夫は船に乗って、大坂へも長崎へも、その先の海にまでも向かう強者《つわもの》達であった。各地の湊で、様々なことを承知する。取引も見聞きする。大金が動く米相場のことも、分かっている者が多かった。

「それで、骸骨《がいこつ》が着物を羽織ってるみたいな見てくれなのに、長崎屋で雇って貰えたんだね。ならば長崎屋でもかなり、稼いでくれるだろう」

お店が大儲けをすれば、当然、水夫達の実入りは増えるし、奉公人が、分家させて貰える機会も多くなる。

「期待してるよ」

あっさり、見た目を気にしなくなった者達を見て、金次はすっと目を細めた。そして、荷を確かめていた佐助へ近寄ると、笑うように言ったのだ。

「面白いねえ。奉公人も水夫も、店によって大分違うから」

長崎屋にいる面々は、口は悪いが面白い。金次はにやりと笑った。

「若だんなが暮らしていなくとも、あたしはこの店を、貧乏にしようとは思わないね。少なくとも、今は」

長崎屋は儲かっているだろうと言うと、佐助も笑う。

「若だんなが毎日寝て暮らしても、炭代や医者代に困る事が無いよう、稼いでおかなきゃならないからね」

その内、土地を買い広げ、その地代だけで心配なくやっていけるようにしようと、兄や達は考えているという。金次は笑った。

「長崎屋の土地が広がったら、妖どもが集まってくるよ。人に化ける猫又や狐《きつね》、河童《かっぱ》や狸《たぬき》だらけになるよ」

「良いじゃないか。薬種問屋には、妖達からの支払いが、大分入ったようだぞ」

きちんと化けられるのであれば、構わなかろうと佐助が言う。

「余り増えて、近所づきあいに困るようなら、一度広徳寺《こうとくじ》の寛朝《かんちょう》様に、相談するさ」

「そうか。問題なしか」

佐助はまた笑った後、若だんなが来ているかもしれないので、金次はそろそろ廻船問屋の店表に、行ってくれと頼んでくる。

「若だんなは、いつも、少ぅし張り切り過ぎるから、心配なんだ」

戻ってみると廻船問屋の帳場には、佐助が考えた通り、若だんなが座っていた。その膝《ひざ》で、人からは見えないのを良い事に、沢山の小鬼、鳴家《やなり》達が丸くなっている。

だが金次が現れても、若だんなは目を向けてこなかった。見つめている先を見ると、大柄な客が店表に現れ、土間から一段高くなった畳の端に座っている。応対している番頭が、何故だか困った顔になっていた。

「若だんな、どうしたんだい？」

帳場に寄った金次が、小声で問うと、若だんながすっと眉根《まゆね》を寄せた。

「あのお客さん、長崎屋と縁のある京の大店、十ノ川屋《とのかわや》の番頭さんだってことなんだ」

番頭は長崎屋の主、藤兵衛《とうべえ》に会った事があると言い、十ノ川屋からの文も持ってきていた。そして、船荷として入ったばかりの品、紅餅を買いたいと言ってきたのだ。

「金次、紅餅は、出羽《でわ》最上の紅花から作った、紅の材料なんだよ」

唇につける、紅を作る元だ。薬種問屋の方で、染料としても扱っているので、若だんなは詳しかった。

「紅餅は、多くが京へ行ってしまう品なんだ」

十ノ川屋は京で紅を作っているが、今年はいつもの仕入れ先が不作で、紅餅を思うように手に入れられなかったらしい。それで、長崎屋なら紅餅を扱っている筈《はず》だと、わざわざ京から文を寄越したというのだ。

若だんなはここで、少し困ったような顔になった。

「以前、長崎屋は十ノ川屋さんに、別の染料の荷を売ってる。その時は品を先に渡し、払いは年末に貰ったんだ。今回も、それと同じやり方でお願いしたいと、番頭さんは言ってきた」

互いに良く知り、信頼しあっている店の間では、良くある取引の仕方だ。長崎屋も周りの店も、いや、小さな店であっても、月末や大晦日《おおみそか》に、支払いをまとめてすることは多い。

ただ。

「あそこにいる、熊助《くますけ》さんという番頭さんに会ったのは、私、初めてなんだよ」

番頭も手代も、熊助を知らないという。身元を確かめようにも、十ノ川屋は、遥《はる》か京にある。そして文を見ただけでは、本当に十ノ川屋が書いたものなのか、若だんなには分からないのだ。

「さて困った。佐助も十ノ川屋さんの手跡は、知らないだろうね。どうしたものかしら」

　すると。金次が、帳場の横から立ち上がった。そして熊助と、長崎屋の番頭の側へ向かう。

「金次、どうしたの？」

　金次は、二人の傍らに、すとんと座った。そして一寸の後、首を傾げる。

「おやぁ、金の匂《にお》いがしない」

　若だんなは、熊助が番頭をしている十ノ川屋は、京の大店だと言った。しかも番頭を江戸まで寄越し、高価な品を仕入れようとしている店なのだ。たっぷり財を持っていなければ、おかしかった。

　そして今、長崎屋との、商売の話をしているのだ。貧乏神の金次なら、奉公人の番頭からでも相手の店が持つ財を、感じ取れる筈なのだ。そうでなければ、数多《あまた》の者を貧乏にしてきた、貧乏神ではない。

「何度確かめても、しない」

「は？　このお人は、何を言っているんですか？」

熊助が、店の端で眉を顰《ひそ》めたその時、帳場にいた若だんなが、小鬼の一匹に何かを言って、素早く送り出したのが目に映る。

若だんなは番頭を引かせ、代わりに金次の横へ座ると、熊助よりも、金次の顔を覗《のぞ》き込んできた。

金次は、きっぱりと告げた。

「もし十ノ川屋さんが、高い紅餅を、ごそっと買える程の金持ちなら、この熊助さんは、そこの番頭じゃないな」

そして熊助が本物の、十ノ川屋の番頭であったとしたら。

「京の店は今、金に困ってるんだろうね」

つまり、どちらにしても、長崎屋は高い紅餅を、後払いで売っては駄目なのだ。

「多分、長崎屋への代金の支払いは、なさそうな気がするからさ」

金次が笑うように言うと、熊助が顔を赤くして金次を見てくる。

「長崎屋さんと十ノ川屋は、長いおつきあいなんですよ。今、ご主人が店にいないからって、十ノ川屋が貧乏になったと言うなんて。なんて奉公人なんだ」

するとと若だんなが、首を傾げた。

「おや、当家の主は確かに今、店を離れております。ですが急な出立でした。十ノ川屋さんは、京のお店。よくご存じでしたね」

おまけに熊助は、どう聞いても、西の者が使う、言葉を話していない。不思議なことだと言い、若だんなは番頭を見つめたのだ。

熊助は唇を引き結ぶと、太い眉を引き上げ、落ち着いた様子で返答した。

「手前は、十ノ川屋がこれから、江戸で開こうとしている江戸店で、雇って頂いた者でして。ですので、江戸生まれの江戸育ち。長崎屋の話も承知してました」

今は、新しい店を開く為《ため》、働いている所だと、熊助は言ってきた。

「へえええ、そりゃ、聞いた事のない話だね」

金次の返事は、疑っているように聞こえたのだろう。熊助が睨んできた。

(参ったね。やっぱり人ならぬ者のあたしは、商売には向いてないわさ)

それでも、妙な客に気を使うつもりはなく、そっぽを向いていると、若だんなは傍らで怒りもせず、わずかに笑っている。

(おんや？　若だんなはあたしが、立派な奉公人面をしてなくても、構わないのかな？)

その時であった。きゅい、きゅいわと、馴染《なじ》みの声を伴って、佐助が廻船問屋の店表に現れたのだ。佐助は後ろに、堀川縁で見かけた男を連れていた。

そして若だんな達へ、笑みを向けてくる。

「若だんな、京から十ノ川屋さんの使いが見えたと伺いました。で、手代の西次郎《にしじろう》を連れて来ました」

佐助が、京の店を担当しているのは、長崎屋では西次郎だと言うと、熊助の顔がすっと強ばった。

「西次郎さんは、京へ行ったこともあるんですよ。ご主人にも会っております」

「へ、へえ」

ここで若だんなは西次郎に、十ノ川屋が江戸店を開くことを、知っているかと問うた。

「えっ？　いえ、聞いておりません。あの、今聞こえましたが、熊助さんは、江戸で雇われた番頭さんなんですか？」

西の大店が、江戸に店を作る時は、奉公人は西で雇い、江戸へ寄越すものであった。

「十ノ川屋さんは、珍しいことをなさるんですね。熊助さんは今までどちらで、奉公をなさっておいでだったんでしょうか」

西次郎が戸惑っているのを見て、金次は思わず口《くち》の端《は》を引き上げた。佐助が、ゆっくりと熊助を見つめると、十ノ川屋の番頭は、赤鬼と競える程、赤黒くなってくる。するとと佐助はまた一歩、熊助の方へ近寄ったのだ。熊助の顔色が、今度は青くなった。ここで金次もまた、ぐっと顔を寄せると、熊助はぴょんと立ち上がった。

そして熊助はそのまま、通町の道へ飛び出したのだ。もう店の中も見ずに、店の前の道を、堀川の方へ去っていった。

「おや、けりが付いた。金次、やはりあの男は、十ノ川屋の番頭じゃなかったようだ」

頷く佐助の傍らで、西次郎が首を傾げている。

「あの、ならば今、出て行かれた番頭さんは、どなただったんでしょう？」

魂消ている西次郎を、若だんなが手招きする。そして、紅餅を奪う腹づもりのいかさま師が、店へやって来たことを告げた。

4

廻船問屋から薬種問屋の帳場へ、若だんなが戻って来た。

帳場の側で薬研《やげん》を使い、薬の元を細かく刻んでいた屏風のぞきは、一寸手を止めると、鳴家を一匹、若だんなの膝へ載せた。そして、溜息を付け加える。

「若だんなは朝、薬湯を飲まずに、廻船問屋へ行っちまったんだって？　仁吉さんが、あたしが上手《うま》く飲ませなかったのが悪いって、店表で怒ったんだぞ」

自分は、まだ奉公を始める前だったのにと、屛風のぞきが文句を言った。若だんなはごめんと謝った後、溜息を漏らし、屛風のぞきが刻んでいる薬を覗き込む。

「それで仁吉はその薬を配合して、置いていったんだね。凄い匂いだ」

「細かく刻んだら、煎《せん》じて若だんなへ、飲ませろって言われてる」

若だんなは顔を顰めつつ、廻船問屋で何があったのか、語り出した。

「屛風……じゃなくて、風野。けほっ、でも、今日は早めに廻船問屋へ行って、良かったんだ。私も役に立ったんだよ」

十ノ川屋の番頭を名のった熊助という男が、廻船問屋へ来て、高直《こうじき》な紅餅を、ごっそりかすめ取ろうとしたのだ。

「おや大変だ。でも、昔語りのように話してるね。若だんな、つまり無事、切り抜けたみたいだな」

「それがね、金次のお手柄なんだよ。ごほっ、店表で、その怪しい番頭に会った途端、金の匂いがしないって言い出したんだ」

屏風のぞきは思わず、ふき出した。

「ははっ、どこのいかさま師かは知らないが、貧乏神相手に、金を誤魔化そうとしたわけか。そりゃ、無理ってもんだ」

若だんなも頷く。屏風のぞきは、薬を作りながらにやりと笑うと、若だんなの顔を覗き込んできた。

「若だんな、店を任されるのは、大変だって分かったろ。店主の代わりは、怖くないかい？」

今までのようにお気楽に、小遣いを使っている訳にはいかないのだ。

「そうだね。でも、楽しいとも思ったよ」

「へえ？」

「もちろん、偽《にせ》の番頭熊助をはね除《の》けたのは、金次と佐助だった。こんっ、でもね」

若だんなが金次の言葉を信じ、直ぐに佐助を呼んだ判断は、間違っていなかったと思う。若だんなはあの時、それが嬉《うれ》しかったのだ。

「けっ、けふっ。この私でも、商いでやれることがあるって分かったんだ」

「ああ、そういうことか。うん、いいね」

屏風のぞきが、さらに話そうとした、その時だ。若だんなが急に続けて、咳《せ》き込み始めた。そして咳は、なかなか止まらない。

「きょんべっ、若だんな、死んじゃうっ」

「今日は店で、沢山喋《しゃべ》ってるからかな。若だんな、直ぐこの薬、煎じるから待ってな」

屏風のぞきは、煮出していては間に合わないと、小さな竹茶こしに刻んだ薬種を山と盛り、大ぶりな湯飲みに入れた。そして、火鉢に掛かっていた鉄瓶の湯を注ぐと、濃さを見つつ茶こしを引き上げ、若だんなに飲ませる。

「きょげっ」

湯を注いで淹《い》れただけなのに、その強烈な匂いで、まず小鬼達が逃げた。薬湯を口にした若だんなは、一寸顔を引きつらせたが、それでも飲み干してゆく。

すると。じきに咳がとまったので、屏風のぞきが目を輝かせ、大きく頷いた。

「あたしが刻んだ薬も、ちょっとしたもんだろ？　長年若だんなへ、薬を飲ませてきたんだ。薬に馴れてるんだな」

屏風のぞきは、同じ薬を作っておこうと、また薬草を刻み始めた。若だんなは眉尻《まゆじり》を下げ、二杯目はしばらく飲みたくないと、店先で売っている、喉《のど》に良い白冬湯《はくとうゆ》の釜《かま》の方へ行ってしまう。

「若だんな、白冬湯も一杯、飲んどいたらどうだい？　この薬湯みたいに苦くないから」

屛風のぞきが声を掛けたが、返事がなかった。顔を上げ、釜の方へ目を向けると、若だんなは白冬湯の横で、店へ入ってきた水夫と向き合っていた。

その水夫は、若だんなに軽い調子で、ちゃんと荷を送り出したと告げていたのだ。

「荷を送った？　あれ、どこへ、何を送ったのかしら？」

若だんなが戸惑うと、水夫は書き付けを一枚取り出し、ひらひらと振る。そして、若だんなの指示通りにしたと言った。

「私が、荷を移すように言ったって？」

書き付けを受け取った若だんなが、中身を急ぎ確かめている。屛風のぞきは慌てて薬研から離れると、熱い湯気を上げる釜の傍らに立った。

するると、口から言葉がこぼれ出た。

「ありゃ？　この字、若だんなが書いたもんじゃないよ。文の最後に、一太郎って書いちゃあるが、別人の手だ」

書き付けには、紅餅の大包みを十、舟で、両国の船着き場へ送るよう書いてあった。紅餅という文字を見て、誰がその文を書いたのか、屛風のぞきにも分かった。

「廻船問屋へ来たっていう、十ノ川屋の偽番頭じゃないか？　ああ、熊助っていう奴だ。これ、そいつが書いたものだろ」

熊助は紅餅を、諦《あきら》めていなかったのだ。

「あの熊助、おとっつぁんが店を離れたばかりだってこと、知ってた」

多分若だんなが、寝てばかりだということも、承知していたのだ。廻船問屋の水夫達が、そんな若だんなの字を知るまいと思いつき、熊助は勝負に出たのだ。

もし水夫が、若だんなの字を承知していても、主が忙しいので代筆したと言えば、熊助に疑いがかかることはない。

水夫は声を失うと、立ちすくんでしまった。

「だって……おれ達はてっきり、若だんなの使いだと思って」

屏風のぞきは、急ぎ水夫へ言った。

「佐助さんだ。急いで佐助さんを、ここへ呼んできてくんな」

「私が連れてくる」

若だんなは店表の畳から、一段下の土間へと、大急ぎで降りた。

すると、着せられていた長い羽織の裾《すそ》が、白冬湯の釜に引っかかった。釜は傾いて、大きく湯煙を上げたのだ。火鉢の灰に湯が降りかかり、白く、もうもうとした煙が立ち上る。

「うわっ、まずいっ」

悲鳴と共に、釜は更に傾き、中の白冬湯を、土間へぶちまけてゆく。屏風のぞきが、大声を上げた。

「若だんな、危ないっ」

その声は、長崎屋の中を貫き、大勢が顔を引きつらせた。

5

一時、店表へ出ていただけで、若だんなは、またしても離れの寝床の中へ、戻る事になった。

兄や達と、屏風のぞきに金次、そして他の妖達も、その蒲団《ふとん》を取り囲んだ。猫又のおしろと付喪神の鈴彦姫が、看病を引き受けることになり、馴れた様子で絞った手ぬぐいを、若だんなの額に載せている。

「若だんなは、咳《せき》が出始めてたって、屏風のぞきさんから聞きました。なら、店で釜をひっくり返さなくても、熱は出ましたね。しばらくは離れで、ゆっくり休まないと」

今回若だんなも、水夫も、屏風のぞきも、白冬湯を被ったりはしなかった。ちょうど土間には客もおらず、羽織が、わずかに濡《ぬ》れただけで、釜の湯から逃れられたのだ。

本当に運の良いことであったが、兄や達は、かんかんに怒っていた。

「そもそも、あの熊助がいけない。とんでもないことを引き起こしてくれて」

佐助は不機嫌な顔で、咳が続く若だんなへ、しばらく話しては駄目だと言っている。仁吉は素早く、熱冷ましの一杯を作り、若だんなに飲ませた。

「きゅんべ、鳴家も看病する」

小鬼達が遊び半分、若だんなの蒲団にもぐっても、兄や達は怒らなかった。だがその後、二人は奉公人の金次と屏風のぞきに、今までにないほど、厳しい眼差《まなざ》しを向けたのだ。

「や、く、た、た、ず！」

屏風のぞきは、きょうばかりは仁吉へ、一言も言い返せなかった。

「屏風のぞき。私はお前さんに、長崎屋の店表で働くよう頼んだ。そしてね、素晴らしい奉公人でいてくれと、願った覚えはないんだ」

ただ店表にいて、若だんなへ時々、薬湯を飲ませて欲しい。危ういことがあったら、兄や達へ知らせを入れ、若だんなを守ってくれ。仁吉はそれだけを頼んでいた。

「なのに、たった二つの事が、お前さんは出来ないんだね。いつも大きな口をたたいてるのに」

ああ、情けないと言われ、屏風のぞきは身を小さくして、部屋の端に座り込んだ。

「仁吉、私が釜を倒したんだ。屏風のぞきのせいじゃ、こほっ、ないんだよ」

若だんなが、蒲団の中から庇《かば》っても、仁吉の目は、針のように細くなったままだ。

一方、貧乏神へ怖い眼差しを向けたのは、佐助だ。

「金次、お前さんは熊助のことを、十ノ川屋の番頭ではないと、早々に見抜いた。あいつのことを手玉に取って、笑ってたんじゃなかったのかい？」

「わ、笑ってなんかいないよ」

確かに金次は、熊助の嘘を見抜き、貧乏神の力を見せつけたのだ。

だが。事が終わったつもりになって、金次が機嫌良く皆と話していた間に、追い払われた筈の熊助は、見事反撃をしていた。

「手跡を真似《まね》する気もなく、名前だけ拝借して、熊助は勝手に若だんなの文を作った。それを使って、紅餅《べにもち》を奪った！」

貧乏神が店にいたのにだ。店内にいた奉公人達は、熊助が十ノ川屋の番頭ではないことを、とうに承知していた。なのに、それでも熊助に出し抜かれ、長崎屋の船が運んできた紅餅を、奪われてしまったのだ。

「そのせいで、若だんなが寝込むことに、なったじゃないか。若だんな、火傷《やけど》はしなかったなんて、寝床から言わないで下さいまし。ただ、運が良かっただけなんですから」

本当に大火傷をしていたら、西へ向かった主夫婦へ、急ぎ知らせを入れねばならないところであった。そして、おたえの初めての長旅は、切り上げられることになっただろう。

「全《すべ》ては妖が、熊助にしてやられたせいだ。ああ、情けない。みっともない」

仁吉と佐助の話し方が、今日は恐ろしい。余程腹に据えかねたのか、若だんなの世話は、当分おしろ達に任せると言い、屏風のぞきには何も言わなかったのだ。不満があるなら、もう奉公はしなくてもいい。役立たず二人は離れで碁でも打っていろと、告げてきた。

すると金次や屏風のぞきが、更に腹を立てるようなことを、ここで守狐達が言い出した。

「若だんな、大丈夫です。この守狐が、若だんなも長崎屋の品も、守って見せますから。任せておいて下さいまし」

盗まれた紅餅は、今、守狐達が追っているという。紅餅の荷が、誤って両国へ向かったと知って、妖狐《ようこ》達は仲間を直ぐ、両国へ向かわせたのだ。

「旅に出ているおたえ様は、店に残る若だんなのことを頼むと、我ら守狐に言い置いていかれましたから」

尻尾《しっぽ》をひゅんと振った一匹が、屏風のぞきの顔を見てから、にたりと笑う。

「兄やさん達も、妖を店で働かせるなら、我ら守狐に、頼んで下されば良かったのに」

「あたしじゃ、駄目だってことかい？」

屏風のぞきが目を吊《つ》り上げると、守狐はひらひらと手を振った。

「いえいえ。ただ狐は大層、人に化けるのが得意ですからね。付喪神や貧乏神より、店で働くのに向いてるってだけですよ」

すると貧乏神が口を尖《とが》らせ、部屋内が寒くなってくる。若だんなの体に障《さわ》ると言い、兄や達は、止めろと金次を引っぱたいてから、店へ帰っていった。

じきに守狐達も、表から仲間が呼びに来て、出て行った。離れには、話す事もままならない若だんなと、世話役の二人、それに叱《しか》られた金次達だけが、取り残されたのだ。

　すると。屛風のぞきと機嫌の悪い金次へ、火鉢の傍らにいるおしろが、茶を淹れてくれる。優しい言葉も続いた。

「金次さんが悪いとは思いませんよ。とんでもない奴が、店に来ちまいましたね」

　金次の肩から、強《こわ》ばりが取れた。そして、ふっと息を吐き出す。

「あたしはあの熊助という男が、さっぱり分からないよ。あいつが、一旦《いったん》悪さを見抜かれた後、また悪行を重ねるなんて、考えてもいなかった」

　そもそも熊助は、長崎屋の者に顔を見られているのだ。

　京の、十ノ川屋の名を承知していた。長崎屋の主が、今、留守だということも知っていた。番頭かどうかは知らないが、店に奉公したこともあるのだろう。

　おまけに、だ。

「紅餅を盗んだってことは、あの品を売る先を、あいつは承知してるんだ」

　紅餅からは、紅などが作れる。つまりそのまま、素人《しろうと》へ売れる品ではないのだ。

「つまり熊助のことは、色々分かってる。調べ続ければその内、あの熊助の身元は知れるだろうさ」

　そう思うから、金次は熊助が逃げた時、事は終わったと考えたのだ。己の身が可愛《かわい》いなら、熊助はあそこで、盗みをやめねばならなかった。

だが、熊助は無謀を続けている。

「盗んだ品は、江戸の外へ売る気だと思う」

盗品でも、余所《よそ》の国へ持っていけば、捕まえに来る江戸の同心はいない。盗んだ物が高い品なら、売れるだろうと、金次は一人顔を顰《しか》めた。

「紅を多く作ってる、京へ運んで売る気かね。一旦両国へ紅餅を送ったのは、多くの荷が集まるあの地で、他の荷に紛れ込ませる算段だな」

熊助は今、上手くやったと、得意になっていると思う。だが。

「紅餅を盗んだ相手は、人ならぬ者なんだ。このままじゃ終わらねえのさ」

貧乏神が、酷《ひど》く怖い顔になっていた。己を怒らせた者を、あっさり見逃す気など、金次には無いのだ。

「きゅべーっ、怖い」

鈴彦姫が、両国へ行く舟を頼みますかと、金次へ問う。しかし金次は、ふっと力を抜くと、眉尻を下げた。

「あたしは貧乏神だ。財布の中は空っぽさ」

おしろは、自分の財布を見てから、屛風のぞきの顔を見つめる。付喪神は、自分のも空だと言い振ってから、奉公人仲間の貧乏神を見つめた。

「おい、金次さん。あたし達は今、長崎屋の奉公人なんだ。心配になるようなことを、しないでおくれよ」

守狐達が、既に両国へ仲間をやっている。紅餅の荷は、あそこの船着き場で止めることが出来るかもと、屏風のぞきは言ってみた。だが守狐の名を聞くと、貧乏神は益々《ますます》不機嫌になり、そっぽを向いてしまう。

するとここで、若だんなが蒲団の中から手を出し、財布を差し出して来たのだ。そして、咳混じりの声で、金次へ語りかけてくる。

「ごほっ、あのね、金次。けほっ、そのっ、げほげほっ」

「若だんな、まだ喋っちゃ駄目だって、佐助さんが、言ってなかったっけ？」

「屏風のぞき、でもね……こんっ」

だけどね。若だんなは山ほどの咳を挟みつつ、それでも金次へ、ゆっくりと語り出した。咳を除くと、こんな話をしていた。

「お金は使っていいよ。でも貧乏神の金次は、今回あの熊助に勝てないかもしれない」

更に、もし紅餅がもう売られていたら。そのお金は取り戻せないと思うと、若だんなは続けた。やはり咳混じりで、話すのに、いつもより大分時がかかった。

「えっ、若だんな、何で？」

離れに並んだ皆の目が、蒲団に注がれる。

「それはね……ごほごほごほっ、熊助が、げふっ……熊助が、こんっ。げほっ、ごほっ、ちょっと……苦しい、かも」

「若だんな、まだ死んでないかい？」

屏風のぞきは、蒲団の脇《わき》から真剣に問うた。

6

両国の船着き場が、ひんやりとしていた。怒っている貧乏神が、長崎屋の妖達と一緒に、両国へ来たからだ。

守狐の仲間から長崎屋へ、紅餅は未《ま》だ、両国に留まっていると知らせが入った。よって妖達は舟で、盛り場近くの船着き場へ駆けつけたのだ。

おしろと鈴彦姫は今、離れで寝ている若だんなの側から、離れられない。舟から下りたのは、屛風のぞきと金次、悪夢を食べる獏《ばく》の場久、そして沢山の小鬼達であった。

すると驚いたことに、両国の船着き場は、船頭達で溢《あふ》れていた。聞けば、船荷が大きく崩れ、荷を積めなくなったので、舟が船着き場から、川へ出ていけないのだという。

するとそこへ、長崎屋の守狐達が来て、子細を屛風のぞき達へ告げた。全ての荷が運び出されるのを止めたのは、守狐達であった。

「凄《すご》い。どうやったんだ？」

皆で褒めると、守狐は大いに誇らしげな顔で、やらかした無茶について語り出す。

「まず両国へ来てみたところ、紅餅の荷は、船着き場の、荷の中にあると分かりました。匂いで分かったのです」

だが守狐達は、その荷の山を見て、簡単には探し出せないことも知った。

「そもそも、積み上がっている荷を、勝手に調べることは出来ませんでした」

つまりこのままでは、全部を確かめることは、無理だと覚《さと》ったのだ。それで、腹を決めることになった。

「妖の技を使いました。影内から、川縁に積まれていたほとんどの荷を、盛大にひっくり返したんです。わざと、あちこちの荷が混じるようにしました」

大騒ぎになったが覚悟の上だったし、もちろん影内にいる妖狐達は、誰にも見つかっていない。とにかく。崩れた荷の仕分けが終わるまで、船着き場の荷は、運び出せないことになった。紅餅は、今も倒れている荷の中にあるはずだという。

「おおっ、力業を使ったんだね」

妖達は、真に確かなやり方だと、揃《そろ》って納得した。しかし……おそらく、多分、若だんなが聞いたら心配する気がする。だから離れに帰っても、この件は話さないと決めた。

「きゅいきゅい」

「これ以上具合が悪くなったら、困るものね」

場久の言葉は正しいと、皆が頷《うなず》く。

そして直《す》ぐに妖達も、守狐達と一緒に、紅餅を捜し始めた。今であれば、自分も早く荷を送りたいから、手伝うと言える。一緒に荷崩れを直すと言い、荷へ手を掛けることが出来るのだ。

「もう一度、荷を運び出せるようになるまでが、勝負の時だな」

金次がここで、怖い笑いを浮かべた。

「その間に紅餅を、何としても捜してやる。さっさとこの件に、片を付けるんだ！」

「あたし達狐は、鼻がききます。大丈夫、見つけてみせますよ」

守狐達は、自信満々の顔であった。

だが。

屛風のぞきは、己も紅餅を捜しつつ、金次をちらりと見てから、大丈夫かなと漏らした。すると、渋い顔の貧乏神を見た守狐らは、不思議そうな顔になる。

「あの、金次さん、いつもより怖いですね。どうかしたんですか？」

屛風のぞきは、一寸天を仰いだ。そして、離れているから、金次に声は聞こえないと踏んで、狐達へ事情を語り出す。

「今回、紅餅騒ぎの果てに、若だんなは寝込んじまっただろ。声も出なくなって、当分、両国どころか店表へも行けない。若だんなは自分でも、分かってるんだ」

いつものことだからだ。だが、しかし。

「それでも若だんなは、大人しく寝てばかり居るのは、嫌だったみたいでね」

これも、いつもの若だんなだ。それで若だんなは、紅餅の件を考えた。話すのも苦しい程、喉は痛いし、熱もある。しかし、唯一《ゆいいつ》出来ることだから、考えた。

「そしてね、思い至った話を、離れで金次に告げたわけ」

屛風のぞきは、船着き場で働く金次をそっと見た。藁《わら》で包まれた荷を、苦虫を嚙み潰したような顔で確かめていた。

「守狐さん、若だんなは言ったんだよ。今回、貧乏神である金次さんが、熊助に出し抜かれたのは、たまたまのことじゃないだろうって」

守狐が、呆然《ぼうぜん》とする。

「えっ？　若だんなは何で、そんな八卦見《はっけみ》みたいなことを、言ったんです？」

ここで屏風のぞきは、紅餅の入っていなかった荷を、直ぐに舟へ乗せられるものとして、川岸へ積んだ。そうやって、自分達が捜す紅餅の荷を、先に積まれないようにしつつ、次を語っていく。

「あの熊助が、どうして貧乏神を出し抜けたのか。若だんなはそこを、考えたんだと」

そして貧乏神金次にも、嫌がる相手がいることを思い出したのだ。

「貧乏神が、苦手とする者は誰か」

そういう者は、確かにいた。金次は以前にも、会った事があるのだ。それは。

「元から貧乏で、失うものが無い輩《やから》だ」

「あっ……」

守狐達が目を見張る。

「あの熊助だがね、盗人《ぬすっと》だから、番頭なんかじゃなかろう。着物すら盗んだんじゃないかって、若だんなは言ってた。何も持っていない男だろうってさ」

しかも、あそこまで貧乏神を、はっきりと出し抜いたのだ。たまたま奉公先を失ったとか、金が尽きた者でもない筈だと言う。

「どこかで人〝並〟を失ったあげく、もう、他と同じでいることを、諦めてしまった者じゃないか。若だんなは、そう考えたんだ」

熊助は、自分から〝持たないようにしている男〟かもしれないのだ。

「何故《なぜ》そう思ったのかって？　そんな男だから、顔を知られても平気だったんじゃないか。若だんなはまず、そこが気になったんだ」

江戸では十両盗めば、首が飛ぶと言われている。なのに熊助は、上方までの船代が出せるほど高い紅餅を、真っ昼間、顔を曝《さら》して盗んだ。とても怖いことをしたのだ。

「もし熊助が本当に、〝持たないようにしている〟者だとしたら。紅餅を奪って売っても直ぐ、湯水のように金を使い果たし、熊助の懐《ふところ》に金は留まらない。だから、見つかっても証《あかし》がなく、捕まることもない」

若だんなは、熊助が捕まらないでいる訳を、そう見当付けたのだ。

顔を知られることを恐れない熊助には、多分、身内はいない。

店のしきたりを承知しているようだから、奉公した昔があるのかもしれない。だがすでに、その縁も切れているだろう。

「だから今の熊助は、金次さんの天敵に違いない。若だんなは、そう考えてた」

「そいつは……怖い相手だな」

守狐が、顔を顰める。

「おまけに金次の方は今、長崎屋の奉公人になってて、熊助ほど無茶が利《き》かない。だから若だんなは、熊助との勝負、金次さんが負けるかもって言ったんだ」

無理をしないで、この件はお終《しま》いにしていい。若だんなはまず、金次にそう伝えたのだ。

だが、金次は若だんなの考えに、うんとは言わなかった。

「盗みを働く熊助は、全てを諦めた貧乏人じゃない。つまり貧乏神としては、あいつを見逃すのは、承知出来ないってさ」

まあ今回盗んだ紅餅も、高く売れる品だから、何も持たない男と言うのは、妙でもある。盗んでも、熊助の貧乏が続いているなら、何の為に盗み続けるのかが分からない。それで多分、金次は引けないのだ。

ここで屏風のぞきは、ちょいと、何時《いつ》にないことを言った。

「だから屏風のぞきは、しばらくの間、若だんなではなく、金次の側にいてあげておくれと言われた。あたしは、そう頼まれてるんだ」

するとだ。船着き場で遠くにいたのに、何故だか話が聞こえたようで、金次が怖い顔で馴染みの妖へ寄ってくる。

「おいおい、屏風のぞきさんよう。何でお前さんが、このあたしの近くに、居なきゃいけないんだ？　屏風のぞきがいれば、この金次が、あの嫌ぁな熊助に、勝てるとでも言うのかい？」

皮肉っぽい調子で言われたが、真っ正面からの問いだと思った。だから屏風のぞきは、とても正直に答えてみた。

「金次、そんなこと、無理に決まってるだろ」

「おや、おやおや、はっきり言うんだね」

「でもね金次。お前さんは負けて、苦しむかもしれない。だから側に付いている必要が、あるんだよ」

とても大変な時には、一人で居ない方がいいと、若だんなは言っていた。自分より弱いと承知している相手であっても、背を支えてくれる一本の手は、それはありがたいものだからだ。

金次は、大きく目を見開く。

「若だんなは、あたしが戦っても勝ち目はないと、本当に考えてるみたいだな……」

金次が唇を、強く噛《か》む。そして寝付いている若だんなを、心配させる気はないと言い切った。

「何としても、あたしが貧乏神だということを、示して見せるさ。心配は無駄だったと、若だんなへ告げにゃなるまい」

金次が、そう告げた時だ。船着き場に集まっていた守狐達から、声が上がった。

「吉報！」

守狐の一人が、紅餅の荷を嗅《か》ぎ当てたのだ。

「奥の荷積み場に置かれた、大きな荷の山の中だ。あそこに紅餅はある。間違いないよ」

出羽最上の紅花から作った、長崎屋が買った紅餅だと、守狐が断言する。

「良かった。盗まれた荷は、とにかく取り戻せそうですね」

場久が頷き、これで奉公が続けられそうだと、屏風のぞきもほっと息をつく。

「あれ？　私は奉公、したかったのかな？」

「きゅい、紅餅、食べたい」

直ぐに守狐達と妖らが船荷を解いて、中の紅餅をあらためようとする。ところがだ。そこへ、大急ぎでそれを止めにかかる者が、現れてきたのだ。

「おいおい、勝手に人の荷に、手を出しちゃあいけねえ。そいつは高い品なんだ。触っちゃ駄目だ」

じき舟に乗せ、隅田川を下ると決まっている品なのだ。荷主へ、迷惑を掛けてはいけないと、声の主は言った。

「何を言うんだい。こりゃ、廻船問屋長崎屋が、買った紅餅なんだよ！」

屏風のぞきが怒りの声を上げ、勝手を言ってきた者を、睨《にら》み付ける。すると小鬼達が、相手は熊助ではないと言って、驚きの声をあげた。

7

川端にいた妖達に、厳しい声が向けられた。見れば船頭の一人が、怖い顔で、金次達を睨んでいたのだ。

「何だぁ？　高い荷を、盗もうって腹か？」

船頭が長崎屋の皆へ、凄むような声を出す。途端、船着き場にいた他の船頭達も、顔つきを険しくした。長崎屋の面々は、船着き場の主達と睨み合うことになったのだ。

すると。そこへちょいと場違いな、明るい声が聞こえて、皆がそちらへ目を向ける。

「おやぁ、長崎屋の皆さんじゃないですか。またお会いしましたね」

船着き場へ顔を出してきたのは、何と、熊助であった。紅餅を盗み取った者だというのに、長崎屋の奉公人が現れても、堂々と臆《おく》しもしない。

熊助は長崎屋の者達へ、にこやかに言った。

「紅餅は、この熊助のものなんですよ。ええ、少し荷を売った金で、船頭達へ荷運びの支払いは、済ませてますしね」

つまり両国橋の船着き場で、紅餅の荷主として通るのは、長崎屋ではなく、熊助の方なのだ。

「だから皆さん、無茶はなさらないよう、お願いします。この熊助の荷を、力ずくで持っていこうとしたら、ええ、岡《おか》っ引《ぴ》きの旦那《だんな》でも、呼びますからね」

「盗人の方が、岡っ引きを呼ぶのかい？」

屏風のぞきは呆《あき》れた声を出したが、直ぐ、顔を顰める。もし本当に来た場合、岡っ引きがどちらの言い分を信じるか、分かったものではないと思い至ったからだ。

（うわぁ、我らこそ、本物の荷主なのに。何でこんな事になるんだ？）

だが腹を立てても、荷は帰って来ない。それ故《ゆえ》か、目の前にいる熊助は、余裕の態度で笑っている。

　すると荷主の顔見知りだと分かったからか、船頭達は関わるのを止《や》め、長崎屋の皆から離れていった。熊助は、自分一人で、長崎屋の皆を相手にしても、臆する様子はなく、話を続けて行く。

「そこの手代の金次さんだっけ、さっき、私から金の匂《にお》いがしないと、言ってたよな」

　長崎屋の店表で、得意げだった。つまり、そんな風だから、熊助に荷を奪われたのだ。

「そもそも金次さんが、この熊助に、文を書く間《ま》を与えたのがいけない。長崎屋の水夫達は、若だんなの偽の文を信じて、紅餅を運び出してしまったじゃないですか」

　紅餅の荷に、長崎屋の物だと示す印はない。つまりこれから、長崎屋の皆がどう言い立てようと、舟に積まれる紅餅を、取り戻すことは無理なのだ。

「ええ、腹は立つでしょうが、そうなんですよ」

　ここで熊助は、にたぁと笑った。本当に、心から嬉《うれ》しげな顔になった。

「ああ、気持ちが良い。たまらないねえ」

「はあ？　気持ちが良いって？」

熊助は天に向かい、更に晴れやかに笑って、大きく腕を広げている。

「あたしはね、この歳《とし》になるまで色々……本当に、吐き気がするほど、沢山の嫌な思い出を背負ってきてるんだ」

だから、どう振る舞えば、町の皆がどちらの言い分を信じるか、ようく分かっているという。熊助は長く、信じてもらえない側の者であったと言った。ずっとずっと、泣きたいような思いを抱え続けてきたのだ。

「いい加減、この世がくそ忌々《いまいま》しくなるくらい、長い間だった」

友を失った。奉公先を失った。気が付けば親は死に、帰る里がなくなった。恋しい相手は、他の男へ嫁いだ。今日、戻る場所すらない。信じてくれる者すらいなかったと、熊助は言い続けた。

だから。気づいた時、熊助は変わってしまっていたのだ。

「紅餅を巻き上げたのは、その仕返しさ」

「は？　長崎屋があんたに、何をしたっていうんだ？」

「金次さん、何にもしてねえよ。だけどね」

長崎屋は、儲《もう》かっている店だといわれているから、悪いのだ。奉公人に、良い飯を食わせているると聞いたのが、気にくわない。

「そんな店は、腹が立つ。あたしはこの世に、仕返しを続けていくんだ」

だから、奪った金が残らなくても構わないと、熊助は言いきる。そして、熊助は食うにも困っているゆえ、役人に目を付けられることもなく、捕まらないのだ。

屛風のぞきは、顔を顰めた。

「ああ、若だんなの考え、結構当たっているねえ」

本当に八卦見が出来そうだと、付喪神はつぶやく。熊助の上機嫌は続いた。

「だから、この紅餅の荷は諦めるんだね。あれだけの大店《おおだな》だ。店の利からしたら、大した損金でもなかろうさ」

そして熊助はさっさと紅餅を売り、直ぐにその金を使ってしまうつもりなのだ。人に恵んでやってもいい。

「だから、しつこく追いかけてきても、無駄だ。騒いで追い立てるには、金が必要だ。その分を、また損するだけさ」

金次が眉間《みけん》に皺《しわ》を刻み、凍り付くほどに寒い風が、両国を吹き抜けてゆく。

だが熊助は、その風すら気にならないのか、これで事は終わったとばかりに、さっさと背を見せた。そして船頭へ、紅餅が見つかったゆえ、川を下る舟に乗せてくれるよう、上機嫌で頼んでいる。

守狐達が見つけた紅餅は、船足の速い猪牙舟《ちょきぶね》に積まれた。機嫌の良い熊助は、岸でもう一度、大きな声を上げた。

「勝負ついたね。ああ、やっぱりこの瞬間は、たまらねえや。生きてるって感じる。またやりたいっ」

一緒に川下まで運んでくれと、熊助が猪牙舟に乗り込む。そして長崎屋の面々へ顔を向けると、楽しくて仕方がないという体で、何度も手を振ってきた。長崎屋から荷を奪った悪党は、妖達の目の前にいるのに、罪を逃れ、紅餅を持ったまま、川を下っていこうとしていた。

舟が、川岸を離れた。


すると、この時。

屏風のぞきが、金次に耳打ちをしたのだ。

「金次さん、今なら熊助は、財を持ってるよ。紅餅は、奴《やつ》のものだ」

「えっ？　だから何なんだ？」

舟を見送るしかなく、船着き場で呆然としていた皆が、屏風のぞきへ目を向けてくる。付喪神は、若だんなが託した言葉を、貧乏神へ伝えた。

「金次さん、若だんなは言っただろ。貧乏神の金次さんは、熊助との戦いに、負けるかもしれないって」

そしてもし金次が負けたら、いつもは文無しの熊助が、値の高い紅餅の持ち主になる。つまり。

「金持ちだ。貧乏神の祟《たた》りを受けても、おかしくない相手だ。そうだろ？」

貧乏神の金次なら、舟をひっくり返して、隅田川に流しちまうことも出来る。だが。

「長崎屋の奉公人となった金次さんは、その無茶を、躊躇《ためら》ってしまうかもしれない」

紅餅を水へ落として失えば、長崎屋は損をする。店を任されたばかりの若だんなは、がっくりくるだろう。

しかし。

「若だんなはあたしに、そういうとき、金次さんの背を、押してくるように頼んだんだ。金次さんは貧乏神なんだ。だから長崎屋の金のために、我慢しなくていいとさ」

そんなことを言ったら、店を預かっている身の若だんなを、兄や達は叱るだろう。店主としては、考えてはいけないことであった。

だが、それでも。

「構わない。無茶が止まらねえだろう。だから、やった方が、良いんだってさ」

間は、言ってたんだよ。あの熊助も、上手《うま》く盗み続けてる

屏風のぞきが金次の背を、軽くぽんと叩《たた》いた。そのわずかな力が、万《よろず》の思いを引き出したのか、一寸目を見開いた後、金次が恐ろしい貧乏神の笑みを浮かべる。にたりと、辺りが冷え切るような、力強い笑いを見せたのだ。

「ああ、熊助は今、金持ちだ。だから貧乏神と争ったら、その財を失うに違いないさ」

舟は既に、川の流れに乗っており、金次のつぶやきが届いたとも思えない。だが、岸辺に並んだ面々が、目を向け続けていたからか、舟上にいる熊助はずっと、船着き場の方を向いていた。すると。

「あ、危ねえ」

声を上げたのは、船着き場にいた船頭の一人であった。

舟は、上りと下りでは、船足が違う。川を上ってきた舟の傍らを、足の速い猪牙舟が、すり抜けていたのだ。

するとそんな中、ある上りの舟の内から、人きな声が聞こえて来た。乗っている者

同士が揉《も》めているらしく、それを止めようと、船頭が怒鳴っていた。

だが、収まらなかったのだろう。じきに一人が立ち上がり、大きく舟が揺れた。すると。

舟の舳先《へさき》が左に逸《そ》れ、下ってきた舟と、ぶつかりそうになったのだ。互いに何とか避けたものの、その動きがまた、別の舟の邪魔をする。

両国橋近くには、他の舟に物を売る、うろうろ舟も多くいて、一旦互いの行く先が分からなくなると、大事になった。気が付くと、舟同士がぶつかり、中に居る者達が、悲鳴を上げる。そして、それも何とか収まったと思った、その時だ。

最初に乱れた舟からは、随分離れていたのに、最後には紅餅を積んだ、猪牙舟が巻き込まれてしまった。そして猪牙舟は細く、船足は速いが、揺れやすい。

横手からぶつかられた猪牙舟は、あっという間に、舟ごとひっくり返ってしまったのだ。

まるで、芝居でも見ているかのように、ゆっくりと、熊助や船頭が水に落ちてゆく。更に、大きな荷が幾つも水面に散らばると、早々に水を吸って、川底へ引き込まれていった。

周りにいた舟から、大きな声が上がった。

近くの舟が、大急ぎで船頭や熊助達を、水から摑《つか》み上げる。だが猪牙舟の荷は、隅田川の流れに沈んで、直ぐに見えなくなってしまった。

ずぶ濡れの熊助が、船着き場へ、目を向けてきたのが分かった。

8

長崎屋は、熊助へ一泡吹かせる為、高い紅餅を失った。そして珍しいことに、その件でまず叱られたのは、離れで寝付いている若だんなであった。

金次の背を押すと決めた後、若だんなは皆が戻る前に、兄や達へ、紅餅は戻らないと白状したのだ。

「金次と屛風のぞきに、いざとなったら紅餅を川へ沈めろって、けしかけた。多分、あの荷は帰ってこないと思う。ごめんなさい」

跡取りでいる内は、謝れば済む話であった。しかし、店を任された者がこんな事を言ったら、残念だったでは済まないと、若だんなにも分かっている。

だが、とにかく謝った。後で話し、妖達が若だんなと一緒に叱られることを、心配したのだ。

よって紅餅の件では、最初に若だんなが説教を食らった。しかしその後、金次も屏風のぞきも、妖達も、やっぱり兄や二人から、雷を落とされたのだ。

「兄や達。私を叱ったのに、何で皆のことも怒るの？」

寝床から文句を言ったが、仁吉も佐助も、当たり前だと言ってくる。

「若だんな、これは別腹ってやつですよ。特に、屏風のぞきや金次は、うちの奉公人です。怒られずに済むわけがないでしょう？」

離れへ集っている妖達に、兄やは厳しい目を向けている。

だが、それを聞いた若だんなは、ほっと息を吐いた。兄や達が金次達二人に、奉公を続けさせると分かったからだ。

仁吉が二人に、念を押した。

「ただ二人とも、無茶は、ほどほどにするように。若だんなに、無法はさせないように」

「ほい、承知」

二人は頷くと、お店奉公は難しいんだねと、真顔で言っている。若だんなはそれを聞いた兄や達が、二人の行いについて、とても奉公とは言えないと、言うかと思っていた。ところが。

仁吉も佐助も、奉公が難しいのは当たり前だと言ったのだ。

寄席《よせ》に出ている場久は、表で働いている妖同士、時々、愚痴でも言い合おうと言い出した。

三味線を教えているおしろも、人と働くことの大変さを、語り始める。

「えっ？　奉公って、金次達みたいなふるまいを、言ったんだっけ？　でも他の皆は、船着き場で大騒動なんか、しないと思うけど……」

若だんなは寝床で首を傾《かし》げたが、離れに集う面々は、己達を疑っていない。

「二人は、他の奉公人達とは、かけ離れている気がするけどな」

暖かい蒲団《ふとん》の中で、不思議な思いが、若だんなを包んでいった。

おにきたる

1

江戸でも、繁華な大通りにある長崎屋《ながさきや》の中庭に、鬼が現れた。

しかも鬼は幾人《いくたり》もいる。長崎屋の若だんな、一太郎《いちたろう》の側《そば》へ近寄らせてはいけない者だと、万物を知る白沢《はくたく》、仁吉《にきち》は判じた。

だが仁吉は、その鬼を早々に、追い払うことが出来なかった。鬼達から幾らも離れていない場所にもう一人、見慣れぬ坊主《ぼうず》が姿を現し、剣呑《けんのん》であったからだ。

「何で長崎屋の庭に、こいつらが集まるんだ？」

佐助《さすけ》の唸《うな》るような声を聞き、眼前《がんぜん》の者達が、にたりと笑みを浮かべた。

長崎屋の船が江戸湊《みなと》へ入ると、怖い流行病《はやりやまい》が西から来ると、乗っていた妖狐《ようこ》が店へ伝えてきた。

　何しろ長崎屋は先代の妻おぎんが、その本性を齢《よわい》三千年の大妖《たいよう》、皮衣《かわごろも》であったから、妖《あやかし》との縁が深いのだ。妖を見る事が出来る若だんなの周りにはいつも、数多《あまた》の人ならぬ者達がいた。長崎屋に暮らす若だんなの兄《にい》や、仁吉、佐助も、常から外《はず》れた者なのだ。

　流行病は厄介な疫病《えやみ》らしく、上方《かみがた》では既に、多くが亡《な》くなっているという。仁吉は、その知らせを聞き、離れで顔を曇らせた。

「妖狐の話ですと、長崎の町を、瘴気《しょうき》や鬼毒《きどく》を持つ疫鬼《えきき》が、うろついていたと。いや、疫病神《えやみのかみ》だったという噂《うわさ》も、あったとか」

　西で流行《はや》りだした病は、街道を行く人を介し、あっという間に東へ伝わってくる。

「男なら、長崎から江戸まで、一月《ひとつき》ほどで歩く者もおります。病はもう少しゆっくり、伝わってくると思います」

　かつて箱根では、関所の出入りを厳しくし、病が江戸に入るのを止めたこともある。

「ですが今回は、鬼が長崎の町中に、姿を見せていた。関所では阻《はば》めないでしょう」

　長崎屋の持つ店の内、薬種問屋《やくしゅどんや》を任されている仁吉は、若だんなや妖達を前にして、そう断じた。だから。

「まず一つ、若だんなは、流行病が江戸に入りましたら、店表には出ないで下さい」

並の病でも、死にかけることが多いのだ。鬼が運んだ流行病に襲われたら、若だんなは、明日の日の出を見られなくなるという。

若だんなは火鉢の前で、溜息《ためいき》を漏らした。

「あのね、私は、そこまで弱くはないよ。えっ、屛風《びょうぶ》のぞきも金次《きんじ》も、何でそっぽを向くの？　大丈夫、今日だって、ちゃんと朝、起きられたじゃないか」

しかし屛風のぞきが、横から言う。

「若だんな、朝、起きられないのは、病人と死人くらいだぞ」

ここで猫又《ねこまた》おしろが、仁吉へ明るく言った。

「仁吉さん、心配は要《い》りませんよ。若だんなは今、調子良いですから」

つまり病が西から来る頃には、倒れて、離れで寝付いていると、おしろは言い出した。

「若だんなが二月《ふたつき》、熱を出さずにいられたことなんか、最近ないですからね」

「きゅい、きゅい」

小鬼達が揃《そろ》って頷《うなず》くと、若だんなは顔を赤くした。だが仁吉は、ぐっと落ち着いた顔になると、話を早々に商いの方へ移した。それは、長崎屋で、流行病の為《ため》の薬を売ろうというものだったので、若だんなが頷く。

「良い事だ。でも仁吉、病はまだ江戸へ来ていないよ。どんな流行病かはっきりしないのに、何が効くか、今から分かるの？」

「疫神達のもたらす疫病には、良く効く薬が、古《いにしえ》より伝わっております。疫鬼も嫌がったと言われる妙薬で、〝香蘇散《こうそさん》〟と言います」

香附子《こうぶし》、陳皮《ちんぴ》、紫蘇葉《そようう》、生姜《しょうきょう》、甘草《かんぞう》を使った処方だと、仁吉は語る。

「そしてですね、陳皮、つまり蜜柑《みかん》の皮ですが、神仏の住む庭で取れたものを使うと、一段、薬の効き目が違うのです。荼枳尼天《だきにてん》様の庭では、そう語られております」

ちなみに長崎屋には、荼枳尼天の庭で取れた蜜柑の皮が沢山あるらしい。若だんなの祖母皮衣が、その庭で暮らしているからだ。

「ええ、ですから長崎屋の〝香蘇散〟は、それは良く効きます。若だんなにうつっては大変ですから、今回は薬を安く売って、江戸の病を早めに止めましょう」

長崎屋が店先で煎《せん》じて、白冬湯《はくとうゆ》の代わりに売ってもいいと、仁吉は続けた。そういう売り方をすれば、狭い長屋で、ろくに煮炊《にた》きをしない独り者でも、薬が飲めそうなのだ。

「ああ、今度の流行病、何とかなりそうだね。良かった」

一息ついた若だんなは、今、九州へ向かっている両親のことが、一寸《ちょっと》心配になった。しかし考えてみれば、二親は、祖母である皮衣、おぎんのいる温泉へ行ったのだ。

「きっとおっかさん達は、江戸にいるより、安心だね。疫鬼がわざわざ、おばあさまに、喧嘩《けんか》を売りにゆくはずがないもの」

仁吉と佐助が笑った。

「疫鬼が温泉に現れたら、おぎん様が、あっという間に捕まえそうです。鬼は荼枳尼天様の庭で、下僕《げぼく》として使われる羽目になる。近づかないでしょう」

そして。

病の噂を耳にしてから、二月が経《た》った頃。

香蘇散は長崎屋から売り出され、江戸で良く売れていた。流行病だけでなく、気鬱《きうつ》やめまい、不眠、ただの風邪にも効いたので、多くの人が求めていったのだ。

だがそのことが、長崎屋へ思わぬ、まろうどを誘うことになった。

若だんなはその時、おしろが思った通り、熱を出し、離れで寝込んでいた。

2

長崎屋の庭に、雷が鳴り響いた。

黒いふんどし一つの鬼達が、雷を四方に放ったからだ。そして、その轟《とどろき》をものともしない仁吉と、長崎屋の庭で、もう随分の間、睨《にら》み合っている。

辺り一帯を稲妻の光が裂き、耳を、総身を、雷鳴が打ち付けているのだ。余りの恐ろしさに母屋《おもや》は大戸を立て、戸口を心張り棒で閉じた。皆は家の中で、身をすくめているのだ。

そして長崎屋の離れでも、妖達が震え、悲鳴を上げていた。

「きょんべーっ、若だんなっ。何か現れた。怖いっ」

「若だんな、離れの雨戸も、立てましょう。せめて、障子戸を閉じましょう」

おしろの声を、雷鳴がかき消す。目の前の庭が、花火を百発、一遍《いっぺん》に打ち上げたみたいに光った。

だが若だんなは、蒲団《ふとん》から身を起こし、鬼と向き合う仁吉の様子を、静かに見ていた。

「みんな、眩《まぶ》しいなら隣の部屋へ行っててていいよ。でも、今から雨戸を立てても、あの鬼から逃げる事は、出来ないと思うけど」

だから何が起きるかを、しっかり見ておかねばならないと、若だんなは口にしたのだ。

「万に一つ、仁吉が鬼を追い払えなかったら、妖達は直《す》ぐ、影の内へ逃げなきゃいけない。目を逸《そ》らしてちゃ、駄目なんだ」

何人かいる鬼は、先ほどいきなり、長崎屋へ入り込んできたのだ。すると屏風のぞきが、心配げな声を出した。

「でも若だんなは、影内へは入れないよ。自分はどうやって逃げる気なんだい？」

そうだねえと、若だんなは首を傾《かし》げる。

「危ういよね。でも私は寝付いてて、どうせこの場から、走って逃げることは出来ないもの。焦《あせ》っても無駄だよ」

ただ、この後どうなるにせよ、あの鬼に問いたいことはあると、若だんなは言った。

「仁吉があいつを見て、疫鬼と言ってた。つまりあいつが、今、江戸で疫病を流行らせている鬼かもしれない」

流行病を振りまく大本が、よりにもよって、江戸の薬種問屋に顔を見せてきたのだ。

「あの鬼、何で来たのかしら」

若だんなは、そこを問うてみたかったのだ。

すると貧乏神金次が、ひゃひゃひゃひゃと笑い、離れの畳に座って手を打つ。

「若だんなは、いつも落ち着いてるねえ。こういうとき、齢三千年、大妖である、おぎん様の孫なんだって、不意に思い出すよ」

金次がそう言った時、また、耳を塞《ふさ》ぎたくなるほどに雷が響き渡り、離れが大きく軋《きし》む。小鬼が蒲団から転げ落ち、若だんなはその時ようよう、鬼の数を承知した。

「おやま、五人《たり》もいるよ。それで仁吉が、なかなか追い出せないんだね」

すると屛風のぞきが、鬼と若だんな両方を見て、顔を顰《しか》める。

「若だんな、やっぱり逃げようや。若だんなは、この屛風のぞきが背負っていくから」

「おや、そうなの？　今日は頼もしいじゃないか」

若だんなが、にこりと笑みを浮かべたその時だ。雷鳴が寸《すん》の間《ま》途切れた庭から、仁吉の声が聞こえてきた。

「お主達は疫鬼と見る。何故《なにゆえ》に、人の家の庭へ集《つど》うのか」

途端、疫鬼達の顔がゆがんだ。あれは笑ったのだろうと、金次がつぶやく。

「はは、疫病をもたらす者が、人の住む家へ入り込んだのが、不思議かい？　もちろん、病をもたらしにきたのさ。へへ、死が、この店を包むってわけだな」

黒い顔の鬼が、怖い話を楽しげに語る。しかし仁吉は、納得しなかった。

「疫鬼がわざわざ五人も集まって、たった一つの店へ、病を運んでくるものか。なぜ訳を言わない？」

奇妙な事に、問うても疫鬼達は返事をしないのだ。仁吉が針のように黒目を細くし、眉間《みけん》に皺《しわ》を刻んだ。すると猫又のおしろが、今日は妙だ、他にも気になることがあると、離れで言い出した。

「佐助さんは、どうしたんです？　離れが、こんな騒ぎになってるのに。若だんなのところへ、飛んで来てないです」

若だんなの兄やは、人ならぬ二人なのだ。仁吉は万物を知る、白沢であり、大層強くはある。だが、犬神《いぬがみ》である佐助もいた方が、断然安心出来るのだ。

ここで返事をしたのは、珍しくも、家を軋ませる妖、鳴家《やなり》達だった。仲間が屋根の上から、佐助を見つけていたらしい。

「きゅい、佐助さん、店の外。堀川《ほりかわ》端にいた」

「きゅべ、そこでお坊さんといる」

「坊さん？　寛朝《かんちょう》様でも訪ねてきてるのか？」

屛風のぞきが首を傾げると、その御坊《ごぼう》は、寛朝ではないと、小鬼が断言した。何故《なぜ》なら。

「坊さん、川端の木の上まで、飛んでた。きゅい、寛朝様、飛ばない。あの坊さん、寛朝様じゃない」

どうやら佐助はその坊主と、対峙《たいじ》しているらしい。離れにいる妖は、頭を抱えた。

「空飛ぶ坊さんて……人じゃないな、どう考えても」

つまり長崎屋には疫鬼以外にも、迎えたくもない者が、現れているのだ。若だんなは、庭の仁吉を見てから、塀の外へと目を向ける。そして頷くと、蒲団に入ったまま、妖へ頼み事をした。

「誰か佐助へ声を掛けて、中庭へ呼んできておくれ」

「きゅげ、飛ぶ坊さんも、来ちゃう」

「うん、それでいいんだ。佐助一人に妙な客人を、任せてはおけないもの」

新たな僧が何者だろうが、疫鬼と同じ時に、長崎屋へ来た者であった。

「飛ぶ坊主も、疫病と関係がある者かもしれない」

ならば鬼と、一度対峙させてみたい。若だんなはそう考えたのだ。

「きゅんいー、屋根から呼ぶだけなら、出来る。鳴家は立派だから、行ってくる」

小鬼が三匹ばかり、屋根を駆けて行き、本当に直ぐ帰ってくる。塀の木戸が開いて、佐助が姿を現すと、その後から、初老の坊主姿も入って来た。

「何で長崎屋の庭に、こいつらが集まるんだ？」

佐助の声を聞き、にたりと笑った後、疫病を運ぶ疫鬼達が、顔をそちらへ向けた。すると中庭へきた坊主姿に向け、疫鬼達は、突然、多くを喋《しゃべ》り始めた。

「疫病神！　何でお前が、この江戸にいるのだ？」

西の地から始まり、この江戸にまで押し寄せてきた、今回の疫病は、五人の疫鬼達が運んできた災いなのだという。

「なのにそこへ、疫病神などが姿を見せるではない。お主が流行病を運んできたのかもと、間違える者が出かねぬ！」

疫鬼らは長崎屋の内で、口々に吠《ほ》えたのだ。

「我らこそ忌まれ、恐れられる者だ。それ故《ゆえ》に、許しを請う願い事と共に、数多の供え物を積まれておる」

人々は頭《こうべ》を垂《た》れ、災いを従えた疫鬼が過ぎ去るのを、常に願っているのだ。

「疫病神、関係のない者が、顔を見せてくるな！」

疫病神は何とも気味の悪い笑みを、疫鬼達へ向けた。

「おやおや、この疫病は、西国からわしが、江戸へ連れてきたものだと思っておったが。わしは疫病をもたらす疫病神だぞ。厄病神とも言われる者だ」

そもそも今回の疫病には、きちんと流行るきっかけがあったと、疫病神は言い出した。

「きっかけは、このわしの決意だ。わしは西の国で、神在祭《かみありさい》の宴《うたげ》にいたとき、日の本一繁華な江戸へ、疫病を運ぶと決めた」

疫病神の名を、世に知らしめる為だという。

「なのに、実際疫病が江戸で流行った途端、己《おのれ》が流行らせたように言うのか。疫鬼は黙っておれ」

今の今まで睨み合っていた仁吉のことは、忘れたかのように、疫鬼達は疫病神を睨み付けている。長崎屋の皆が呆然《ぼうぜん》とする中、鬼達は怒りの為か、揃って全身が赤黒くなった。

「神の宴など、知ったことではないわっ」

「ほほ、神の宴ではない。神在祭の宴だ。出雲《いずも》へ行った事がないゆえ、疫鬼は名も知らぬようだ」

佐助が、嫌みを言う疫病神へ、声を掛ける。

「おい、疫病神。お主はこの佐助と、やりあっていたのではないのか？」

「きゅげ」

「おやおや」

「返事もしませんね」

突然始まったのは、疫鬼と疫病神の、争いであった。疫病という、とんでもない災いを、どちらが仕切るのかで、争っているのだ。

「ひゃひゃっ、ばかばかしい。どっちがばらまいた病でも、人が死ぬことは同じなのにさ」

貧乏神が遠慮もなく言い、妖達はその通りだと頷く。しかしだ。

「ひゃひゃっ、だからといって、この離れから出ても、どうにもならないのが、辛《つら》いねえ。江戸じゃ今、表へ出ても家内にいても、疫病だらけさ」

よって長崎屋の面々は、疫病の流行をもたらす者達を、離れから見つめ続けることになった。

3

「なあ、どっちが、江戸へ疫病をもたらした者だと思う？」

疫神達の争いは、なかなか終わらず、妖らは暇になってきた。よって疫鬼と疫病神を、勝手に比べ始めたのだ。話を切り出した屏風のぞきは、僧の姿をした初老の、疫病神を推した。

「神が集う、神在祭の宴にも招かれたと言うし。強そうだよ」

すると、貧乏神が口を歪《ゆが》める。

「でもねえ、この世には、きちんと出雲の神在祭に出ることもない、そこいらの神もいるしさ」

例えば己、貧乏神がそうだと言い、金次がにやにやと笑う。

「そういやぁ最近、神在月の宴で、偉い神様の間に座った覚えがないんだよねえ」

長崎屋で働いているからかなと、金次が言うと、それはここ最近の話だろうと、屏風のぞきが言葉を向ける。

「金次は、一体何年前から、神の集う地へ行っていないんだ？」

「ひゃひゃっ、さぁ忘れた」

するとここで、五人の鬼の一人、赤い鬼が、思い出した事があると言い出した。どうやら長崎屋の皆の話は、ちゃんと聞いていたようで、嫌な笑い方をしている。

「神というのも名ばかりの誰かが、神の宴に入り込んだのだ。だが、病と不幸を撒《ま》く者ゆえに忌《い》まれ、軽く扱われたとか」

その忌まれた者は、余程面白くなかったらしい。

「よって、病を人へ撒き散らし、己の力を示すと言っていたそうだ」

耳にしたのはそういう話だったと、疫鬼が笑う。

「相手が、日の本中から集って来た神々ではなく、ただの人なら、疫病神でも大きな顔が出来るからな」

疫病をうつし、死なせたあげく、己の配下の鬼とすることも出来るわけだ。

しかも今なら事は、更に簡単であった。疫鬼が既に、世の中へ疫病を広めているから、その手柄を横取りすれば済むのだ。

「疫病神は疫病を、己が行った事だと言うだけで、威張れる。まるで他の神のように、偉い方になった心持ちを、味わえるわけだ」

疫病神が疫鬼を睨み、眉《まゆ》を吊《つ》りあげた。

「嘘《うそ》事を言っているのは、疫鬼の方だ！」

同じ疫病を扱うのに、疫病神は神を名のり、神在祭へ行く。なのに己達は迎えられない。ならばと鬼達は、疫病神が広めた疫病の害を、己達の仕業《しわざ》だと言い立てたのだ。

「あさましい話だな。やはり、鬼は鬼ゆえ」

「なにおうっ」

更に双方がいきり立つのを見て、離れでは若だんなが、妖の皆へ目を向けた。

「今回の疫病だけど。どうやらあのどちらかが、始めたみたいだねえ」

人にとっては、どちらでも変わらないが、悪鬼や悪神達の力を示す為、人の命が賭《か》けられたのでは、たまったものではない。若だんなが言うと、妖達も蒲団の周りで頷いた。

「きゅべ、でも雷怖い。花林糖《かりんとう》食べたい」

「貧乏神としちゃ、己のことを、鬼や余所《よそ》の悪神に、あれこれ言われたかないねえ」

「呼んでもない疫神に、勝手に長崎屋へ来られちゃ、気が休まらないよ。これじゃ饅《まん》頭《じゅう》もゆっくり食べられない。ねえおしろさん」

「屏風のぞきさん、その通りです！　それにこの騒ぎで若だんなが、蒲団から身を起こしちまってるじゃないですか」

「えっ、ここまで危うくなってるのに、寝てなきゃ駄目だったの？」

とにかく若だんなはここで、一つ案を出してみた。仁吉が手こずってる相手を、若だんなが拳《こぶし》でやっつけることは、無理だろう。でも何とか両方に、江戸からお引き取り願いたい。これ以上、疫病が流行るのは困るのだ。

だから。

「小鬼や、母屋から取ってきてほしいものが、あるんだけど」

「きゅんべ、鳴家は庭へ進むの、怖い。鬼、怖い」

「影の内から、母屋へ入ればいいだろ？」

「きゅんべ、若だんな。小鬼は強いから、影へ入れる」

鳴家達が勇ましく、影内へ消えて行く。若だんなは離れで、蒲団の周りに座っている皆に、小鬼へ何を頼んだかを告げた。疫病を治すと言われている妙薬、〝香蘇散〟だ。

「今、白冬湯の代わりに、店先で煎じて売ってる、あれだよ」

悪夢を食べる獏《ばく》、場久《ばきゅう》が手を打った。

「ああ、そういう薬を売ってたんでしたね。若だんな、じゃあ〝香蘇散〟を使えば、あの疫鬼や疫病神を、やっつけられるんですね？」

場久が目に光をたたえたが、若だんなは自分の薬湯を見てから、首を傾げた。

「人が飲むものだから、どうかしらね。ただ、疫病神や疫鬼達が広めた疫病を、治すための薬だ。仁吉が疫鬼も嫌がったと話してた」

長崎屋の妖達は、庭で今も、仁吉や佐助と睨み合っている悪神らを見て、深く頷く。

「確かに、試すくらい、してもいいかもな」

ここでおしろが、庭へ顔を向けたまま、小さく首を傾げた。

「あら？　鬼の内に、赤い鬼がいませんでしたっけ？　黒、青、黄色、白の鬼しかいないわ」

返事をしたのは、母屋へ行ってもらった、鳴家であった。

「きゅべ、赤鬼、いた。怖い、怖い」

現れた小鬼は、煎じ薬が入った薬土瓶を抱え、ふるふると総身を震わせている。その小さな身を、離れへ現れた赤黒い鬼に、しっかり摑《つか》まれていたからだ。

若だんなが、声をかすらせた。

「なんと。こんなに大きな御仁《ごじん》が来たのに、気が付かなかった。すぐ傍《かたわ》らにいるのに」

やはり疫病をもたらす者達は、恐ろしき者に違いないと、眼前の鬼を見上げ思い知る。

「きゅ、きゅんべーっ」

鳴家が悲鳴を上げ、鬼の手から逃れようともがくが、しっかり摑まれ、どうにもならない。

「皆、影内へ逃げとくれ」

赤鬼を前に、若だんなが精一杯の言葉を、伝える。屛風のぞきは、自分はいつでも逃げられるからと、拳を握って留まった。

「阿呆《あほう》な小鬼じゃなけりゃ、疫鬼になんか捕まらず、影内へ入れるからな」

「おや、本当かな？」

赤黒い顔が、屛風のぞきの顔の真ん前に、いきなり突き出される。若だんなは真横にいたのに、鬼がいつ動いたのかも分からなかった。

「ひいいっ」

付喪神《つくもがみ》が悲鳴を上げた、その時だ。

「ほいほい」

鬼の目が己から逸れた時、神の名を持つ金次が、すっと手を伸ばした。そして小鬼を助けるのではなく、鳴家が持っている薬土瓶を、下からちょいと押し上げたのだ。

すると、土瓶の蓋《ふた》に載せられていたぐい飲みが落ちたので、若だんなが咄嗟《とっさ》に手を伸ばし、受け取る。そしてこぼれてきた薬湯を、そのぐい飲みで受け取った。

「きゅんべーっ」

訳が分からず怖いのか、小鬼が更に、大声で鳴き出す。響き渡ったその声を黙らせようと、鬼が口を開いた。

その時だ。若だんながぐい飲みの中身を、思い切り、鬼の口へ放り込んだ。

「う……ぐわっ」

途端疫鬼が、大きく体を仰《の》け反《ぞ》らせる。そして、何とそのまま倒れてきたのだ。

「ひえっ」

魂消《たまげ》て動く事も出来ない屏風のぞきを、若だんなと金次が引っ張って、横へ逃れた。その跡へ疫鬼の体が、音を立てて落ちると、赤黒かった体が、何故だかどんどん青黒くなっていった。

そして疫鬼は、総身の色が変わってしまったところで、うめき声と共に離れから消えたのだ。

「ぴぎゅわーっ」

鬼の手から逃れた小鬼は、更に大声で鳴くと、薬土瓶を放り出し、薬湯を離れへぶちまけた。離れは、濃い匂《にお》いで満たされていったのだ。

途端、庭にいた疫病神や疫鬼達が、一斉に離れへ目をやった。仁吉が若だんなへ頷く。

（薬が効く。ならばこちらの薬は、どうだ？）

若だんなは、自分の煎じ薬が入った薬土瓶を掴むと、それを仁吉へ放り投げたのだ。

ところが、四人も残っていた疫鬼の一人が、薬土瓶を手で払う。一寸、落ちて割れるかと思ったが、土瓶は無事だった。庭で佐助が鬼達の一人を捕まえ、振り回す。すると鬼の足が薬土瓶をはじき、飛ぶ向きを変えたのだ。

薬土瓶は見事に、仁吉の手へ渡った。

だが今度は疫病神が、その薬土瓶を打ち砕くべく、仁吉へ拳固《げんこ》を振り下ろす。すると仁吉はその腹を、どんと大きく突いた。そして、相手がげほりと息を吐き、口を開けたところへ、若だんなの薬湯を流し込んだのだ。

「うっ……げへっ、ぐほっ、ごほごほっ」

それはそれは濃い薬を飲んだ途端、疫病神が、長崎屋の庭にころがった。今度は見ている間に、その体が皺だらけになっていく。

「な、何事だ？」

残っていた疫鬼達が魂消、立ち尽くした。そして疫病神へ近づこうとし……濃い薬湯の匂いから、身を引いたのだ。

その後。

まず、皺だらけになった疫病神が、庭から必死に飛び上がり、塀の上に降り立った。そして庭へ目を向けると、何か言いかけ……まだ薬が口の中にあったのか、むせただけで話せず、表へと消えていった。

競う相手が消えたからか、残りの疫鬼達も、急ぎ姿を消していく。

「おお、この薬も効いた」

妖達は長崎屋の薬を褒め称《たた》えたが、若だんなは、気遣わしげな顔になってしまった。

「でも皆、逃げ出す力はあったね。〝香蘇散〟じゃ、鬼は一時、逃げていくだけみたいだ。多分、また来るんじゃないかな」

どちらが疫病をもたらしたものか、疫鬼と疫病神の競いは、終わっていないからだ。このままにしておくとも、思えなかった。

「とにかく、若だんなが無事で良かったです」

仁吉は目を針のように細くし、若だんなへ駆け寄ると、ほっと息を吐いた。佐助は一旦《いったん》塀に登り、長崎屋の外へ顔を向けたが、若だんなを残し、疫神達を追うことはない。

若だんなは赤鬼に摑まれた為か、泣きべそをかいている小鬼を、懐《ふところ》に入れて撫《な》でた。

「凄《すご》く頑張ったね。鳴家のおかげで、疫鬼達を追い払えたよ。これから、大福《だいふく》を買って焼こうね」

それにしてもと、若だんなは首を傾げた。もしやと思い、自分の薬を飲ませたが、疫病神が逃げて行ったことに、納得出来なかったのだ。

「私の飲んでる薬って、何なんだろうね、一体」

「きゅ、きょびーっ」

鳴家は珍しくも、お菓子が欲しいとも言わず、若だんなの懐にしがみつき、長く鳴いていた。

疫病をもたらす者達が、その日、戻って来ることはなかった。

4

若だんなは翌日、兄や達や妖達と話し合い、妖退治で高名な僧寛朝を、広徳寺《こうとくじ》から招いた。疫鬼も疫病神も、まだやっつけられていない。疫病は江戸に居座っていたからだ。

「つまり、このままだと疫病の流行は、終わりそうもないので」

長崎屋の離れで、一連の事情を話すと、寛朝とその弟子秋英《しゅうえい》は、顔を顰める。寛朝は、膝《ひざ》に乗ってきた鳴家を撫でつつ、溜息《ためいき》を漏らした。

「今回の疫病の元が、疫鬼と疫病神の競い合いとは、驚いた。やれ疫神達は人の命を、何だと思っておるのか」

だがそう口にした後、相手が悪鬼と疫病神では、言うだけ無駄かと、高僧は首を振っている。そして長崎屋の皆へ、どうしてその悪鬼達が、わざわざ長崎屋へ来たのだろうかと問うたのだ。

若だんな達は、寛朝を呼ぶまでの間に、その答えを出していた。

「寛朝様、仁吉が疫鬼に、訳を問うたのですが、答えませんでした」

だが答えなかった事が、一つの返答ではないかと、若だんなは言ったのだ。

今回の疫病が流行りだしてから、長崎屋がやったことは、薬湯〝香蘇散〟を売り出したことだけだ。つまり。

「あの薬が、本当に苦手なんでしょう」

仁吉も頷く。

「長崎屋の者達が疫病で倒れれば、〝香蘇散〟を売るどころではなくなります。あいつらは、それを狙《ねら》ったのではと思われます」

寛朝は、ならば〝香蘇散〟をもっと濃くし、それで疫鬼らを払えないかと問うて来る。しかし仁吉は、無理だと言った。

「あれは人の為の薬です。疫鬼を滅するものではありません」

万物を知る白沢、仁吉から言われて、寛朝はがっかりした顔となり、弟子の秋英は、きっちり頷いた。薬は、流行病に苦しむ人々を救う物であり、刀の代わりではないのだ。

寛朝は、両の眉尻《まゆじり》を下げる。

「となると、この先、何とすべきかのぉ。どうやったら疫鬼らを、江戸から去らせることが出来るのやら」

疫病は、古来から繰り返し日の本を襲っているもので、その全《すべ》てを滅する力など、寛朝にも若だんなにも無いだろう。

だが、それでも。西から押し寄せてきた疫病を、何とかこの江戸から払わねばならないと、兄や達は言い切った。

「寛朝様、万に一つ、若だんなが疫病に罹《かか》ってしまったら、たまりませんから」

「お主らの頭の中では、若だんなのことが、とにかく一番なのだな。まあ、前からずっとそうだが」

それでも構わないから、何か案が無いか、寛朝は苦笑と共に言う。

「誰でもよい。案を出してくれ」

だが寸の間、長崎屋の離れは静かになってしまった。疫鬼と疫病神、両方を相手にして、勝つ方法など、直ぐには出てこなかったのだ。

すると。長い沈黙にじれ、妖達が思いつきを口にし始めた。離れの皆は、眉間に皺を寄せ、大福を焼きもせず、黙っているのが苦手なのだ。

「寛朝様、一つ、すんごいこと思いついたんだが。言ってもいいかい？」

まず屏風のぞきが、ちょいと得意げに言うと、高僧がさっと付喪神を見た。

「おや、人の頭では考えつかぬことを、考えついてくれたのか？　それならありがたいが」

「うんうん、我ながら、良い案が浮かんだと思う」

それはどんなものか。屏風のぞきは簡潔に言った。

「長崎屋には疫病に効く妙薬、〝香蘇散〟があるんだろ？　なら病人へ、その〝香蘇散〟を、ばんばん配るっていうのは、どうだい？」

「配る？　ただでか？」

「寛朝様、病にかかった者が、端から治っちまえば、悪鬼達は西へ帰るんじゃないかね。うん、きっと帰るしかなくなる」

そうなれば、疫鬼と疫病神の、勝負もお預けだ。事は終わるわけだ。

「さあ、どうだい？　あたしは、頭良いだろう？」

屛風のぞきが胸を張って言うと、小鬼達が楽しげに、きゅいきゅい鳴いて頷いた。

「屛風のぞき、名案。かっこいい」

「いや、そんなに褒めないでくれ。嬉《うれ》しくなっちまうじゃないか」

だが。寛朝が何か言う前に、貧乏神が笑い出した。腹を抱え、口を開くどころではなくなっているので、横にいた場久が、代わりに首を横に振った。

「屛風のぞきさん、そいつは無理ってもんですよ」

「えっ、何故だい？　どこに、拙《まず》い所があるんだ？」

「寛朝様が直ぐに、ただでかと問われたでしょ？　薬代ですよ。誰が払うんですか？」

「そりゃ……若だんなだな」

その言葉に返事をしたのは、若だんなではなく、寛朝であった。

「それは無理だ。これ付喪神。江戸に、どれ程の人が住んでおるのか、分かっておるのか？　百万はいると言われておるのだ」

〝香蘇散〟が疫病を治し、しかも、ただだと言われれば、江戸中の者が長崎屋へ押しかけてくる。しかも薬湯は、大概、何度も飲むものであった。

「薬を配って、身銭を切ることになれば、長崎屋は程なく潰《つぶ》れるだろう」

一つの店で百万の者達を、支えきれる筈《はず》もないのだ。それを聞いて、屏風のぞきは慌てた。

「店が潰れると、酒盛りが出来なくなるのかな。は？　長崎屋も、この離れも無くなっちまうって？　そいつは困る。もの凄く困る」

屏風のぞきの本体、屏風を置く場所が、消えてしまうではないか。

「若だんなだって、寝付く場所が無くなるんだよな。ああ、そりゃ駄目だ」

屏風のぞきが、妙な納得をしていると、弟子の秋英が、真面目《まじめ》な顔で師へ問いを向けた。

「確かに、長崎屋さん一店のみに頼んだのでは、無理となりましょう。ですが」

江戸中から寄進を募り、買えない者に配るような話に、出来ないものだろうか。秋英が師へ、期待を込めた目を向けた。

だが寛朝は、しばし黙った後、眉尻を下げる。

「寄進を募ることは出来る。寺からお上にお願いして、世を救う為の富くじを、行うことも考えられるな」

だが寄進は江戸の町で、既に結構多く行われていた。

「秋英、更に集めようとしても、そう簡単に、百万の人へ行き渡る程、集まらぬぞ」

「えっ、皆はよく、寄進をしているのですか？」

「例えば祭が行われれば、江戸に住む者達は、皆で楽しむわな。だが祭を開く為の金を、金の無い、長屋住まいの者は出しておらぬはずだ。毎回寄進しているのは、家や土地、店などを持っている町人達だ」

土地持ち達が、自分から出すと言わなくとも、町役人達がしっかり集めに行くと聞いて、金次がまた笑い出した。

「そりゃ寄進と言うより、出さない訳にゃいかない、付き合いの金だね」

火事や大水に備え、金が在る者から、米の蓄《たくわ》え代も集めていると寛朝がいう。

「金持ちが善人だから、出しているのではない。前は災いが起きても、米の蓄えがなかった。で、腹を空《す》かせた者達が、米屋などを打ち壊したのだ」

それに懲《こ》りた店主達が、今は金を出し合っている。出水の時に備え、舟を用意する所もあるという。若だんなが眉尻を下げた。

「そういえば仁吉、町役人達へ渡すお金だって、町で集めた町入用から、出しているんだよね？」

「ええ。町は様々なことを、己達で金を出して、進めているのですよ」

「既に毎年の寄進は、かなりの額になっておろう。金を出せと言い続けていると、土地持ちが上方へでも逃げだし、寄進する者達が、江戸からいなくなってしまう」

つまりだ。寛朝が言い切った。

「百万人の薬代を集めるのは、難しかろう」

秋英は黙ったが、まだ納得がいかないのか、拳を握りしめている。それを目にしたのか、皆から金を集め、薬を購《あがな》う案の更なる難点を、仁吉が口にした。

「金が集まったとします。長崎屋の薬で流行病を封じ、疫鬼と疫病神の争いを、邪魔しますよね？」

その場合、上手《うま》く疫病を退けられた時点で、長崎屋はただの薬種問屋ではなく、疫病神と疫鬼、双方の邪魔者となる。長崎屋を何とかしないと、悪鬼達はこの先江戸で、流行病を広げられなくなるからだ。

「もしこの仁吉が悪鬼で、その話を知ったら。私は、一番簡単なやり方を取ります。

若だんなを始末に掛かりますね」

「きょげっ？」

それでなくとも若だんなは、年中死にかけているのだ。

「疫病などに取っつかれたら、若だんなはあっという間に墓の下です」

そして薬種問屋ゆえに、病で息子を失ったと知ったら、長崎屋の主《あるじ》夫婦は店を畳むだろう。

「江戸の皆は、安くて質のよい薬を、失うわけです」

秋英は顔を赤くし、深く頭を下げた。

「済みません。考えが足りていませんでした」

ならばこれから、どういう手を打ったらいいのか。高僧達と若だんな達は、別の答えを求めて、また話を始める。

すると。

離れでは、妖達が退屈したと言い、するりと影内へ逃れていったのだ。兄や達はいつものことと、気にもしなかった。

だが妖らは、ただ部屋から消えたのではなかった。こちらの話は聞かれないが、若だんな達の声が聞こえてくる天井裏へ逃れると、眉間に皺を寄せ、一見真面目に話を始めた。

「きょんべ。金次、若だんなはお金、出すの？」

「きゅんいー、若だんな、貧乏になるの？」

「小鬼、その案は、止《や》めになったんだよ」

だがそうなると、疫病は江戸に、はびこったままだと、金次は続けた。

「若だんなは本当に、疫病に罹っちまうかもな」

すると、何故だか金次が責められた。

「きゅい、貧乏神、金次が悪い。離れで宴会、できなくなる」

「は？　何であたしのせいなんだ。あたしは長崎屋を、貧乏にしちゃいないぞ」

横で、場久が笑い出した。

「ここは、貧乏神がいる店だから。何かありゃ、金次さんの仕業じゃなくても、貧乏神のせいだって言われるんですよ」

この時、天井裏にひゅうと、冷たい風が駆け抜けた。

「この貧乏神が、疫神達のせいで、あれこれ勝手を言われるのか。面白くないね」

金次が、ぐっと低い声を出したが、馴染《なじ》みの妖達は、恐れもせずに笑う。そして皆は次々と、これからも楽しく暮らす為《ため》に、己の思いつきを口にし始めた。

5

長崎屋の妖達は、素晴らしい思いつきをした。少なくとも、離れの天井裏で話し合った時は、凄い考えに思えた。それで、多分、まあ、大丈夫だろうから、やってみようという話に、なったのだ。

それは。

「きゅい、神頼みぃ」

金次のせいではなくとも、不運には貧乏神の名がつきまとう。ならば、神様のやったことは、神様へ。疫病神達の困り事を解決するため、知り合いの神様に、縋《すが》ろうと思い立ったのだ。

「疫鬼と疫病神が、一遍に江戸へ入ってきたからか、亡《な》くなる者は多い。今や妖達まで、迷惑しているもんな」

屏風のぞきの言葉に、金次が、深く頷《うなず》く。

「だから、神様仲間の疫病神を、何とかしてくれって頼むわけだ。ま、他の神様が動くんなら、大歓迎だ」

金次、おしろ、場久、鈴彦姫《すずひこひめ》、屏風のぞき、小鬼らは、離れの天井裏から出ると、まずは縁のある大黒天《だいこくてん》を頼ろうと、神田明神《かんだみょうじん》へ向かうことにした。そして皆は、若だんなの銭でお供え物を買い、大いに気を遣った。

長崎屋は、好むと好まざるとに拘《かか》わらず、何故だか神様との縁が深かったからだ。よって、根棲《ねずみ》を神の使いとしている大黒天など、その、のんびりとした話しっぷりとは違い、説明など要らぬほど偉い方であることを、身に染《し》みて承知していた。

「神様とお会いする時は、気が引き締まりますね。今まで何度も神様から、とんでもない目に、遭わされましたしねえ」

おしろの言葉に、鈴彦姫も頷く。それで今日はお供え物として、長崎屋にあった酒や、栄吉《えいきち》の辛あられも持参しているのだ。

「あたし達は、気遣いの出来る妖ですから」

一行は舟で神社へ向かった。京橋辺りから堀川に出て、隅田川を遡《さかのぼ》ると、神田川へ入る。神田明神は、途中の橋から遠くなかった為、五人はお供え物を手分けして持ち、苦労も無く神社へ入った。

頼み事をするのだから、皆は真っ当に、まずは拝殿でお参りをした。

「長崎屋から参りました、妖の一同でございます。大国主命《おおくにぬしのみこと》様、お供え物をお納め下さい」

つまり長崎屋の面々は神の前で、馬鹿《ばか》をしてはいなかった。そんな暇さえ、まだ無かったからだ。

ところが。

皆が、真面目に頭を下げた途端、並の参拝とは、違うことが起きた。目の前の社に、大国主命の神使、根棲が現れてきたのだ。そして、一行が携えてきた酒や肴《さかな》へ目を向けると、握り拳ほどもない身の、小さな胸をなで下ろした。

「ああ、お酒が供えられている。助かった。足りなくて、急ぎ買いに行くところだったんですけど、この身は小さいですからね。どうやって持って帰ろうかと、案じていたんです」

そう言うと根棲は、嬉しげに酒の角樽《つのだる》へ手を掛ける。すると鈴彦姫が根棲へ挨拶《あいさつ》をし、根棲がどうやって、己より遥《はる》かに大きな角樽を動かすのか、そちらを心配した。

「おや、それもそうでした。美味《おい》しそうな肴も、どっさりあるけど、こちらも重そうですね。ええ、私一人では、持ち運ぶことなど出来ません」

だが、心配することはなさそうだと、根棲は言い出した。運の良いことに、供え物を持ってきたのは、顔見知りの妖達、長崎屋の面々なのだ。

「大国主命様に、願い事でもされに来たのですか？　ならば我が主の前へ、お連れします。ついでに酒や肴を、持ってきてくれませんか」

「はは、承知ですよ」

場久が角樽を持ち、他の皆がまた肴を抱えた。妖達は、これは都合が良いと、小声で言い合った。大国主命へ直《じか》に、疫鬼らのことを頼めば、お参りするよりずっと、願いが叶《かな》うように思えたからだ。皆は拝殿奥の本殿へと、足を進めてゆく。

すると神使が、酒を急ぎ買おうとしていた訳が知れた。大国主命は己の社に、客人《まろうど》を迎えていたのだ。

酒杯を手に座っていたのは、長崎屋の皆が会った事のない御仁であった。

「きゅべ、誰？　ちょっと、怖い」

その御方が皆を見てくると、長崎屋の面々は何故だか、金次の背後へ隠れた。

「おんや、見たことある神様かな？」

金次が首を傾《かし》げる。客人が着ている着物は、大国主命のそれと似て、恐ろしく古い形であった。そして長崎屋の皆を見てきた客人の眼差《まなざ》しは、大国主命とは違って鋭く、声は重くて冷たかった。

「おや貧乏神がおる。お主、なぜ神在月の祭にも来なんだのだ」

神とは名ばかりかも知れないが、貧乏神は太田神社と縁があろうと、大禍津日神《おおまがつひのかみ》の声が、社にずしりと響く。金次は、ひゃひゃひゃと軽く笑った。

「そりゃ、あたしは貧乏神だからね。金持ちが多く住む町に、いるってもんさ。江戸には金が、溢《あふ》れてるよ」

人へ禍《わざわい》をもたらす神、凶事を司《つかさど》る大禍津日神が、人の住む所にいるのと同じだ。大国主命の客は、その答えを聞くと、にたりと怖い笑いを浮かべた。

「我の顔は、覚えておったか。まあ貧乏神も、長く在る者ゆえな」

すると金次は、ひょいと首を傾げる。

「しかし大禍津日神様こそ、江戸におわすというのは珍しい。もっと西に、社がおありだと聞いてましたがね」

「我が禍は、日の本の全てで起こりうる」

そして災いがある地には、大禍津日神の姿があるものなのだ。今、江戸にはその災い、疫病が広がっていると、声が続いた。

「よって、我もいるのだ」

「ひょぉ、確かにそっか」

金次は、いつになく真面目に頷いてから、長崎屋の皆が持ってきたお供えを、古き神二人へ勧めた。

「酒は下りもんだから、結構良いと思う。鯛《たい》は焼いてある。今日は大国主命様の指を、嚙《か》んだりしないよ」

「おや大国主命、御身は以前、鯛に嚙まれたのか？　どっちがお供えとして食われるものか、分からぬな」

「いや、その……ごほごほ」

大禍津日神が、途方もなく珍しいことだと笑うと、大国主命が口をへの字にしている。だが、おしろ達に酒を注がれ、栄吉の辛あられを食べると、どちらも気に入ったのか、大国主命は機嫌を直して問うてきた。

「それで、長崎屋の妖達は今日、どういう願い事で、神社へ来たのかな」

人達は日々、恐ろしく多くの望みを抱え、神々の元へやってくるものだと言い、大国主命は笑っている。

「また、若だんなが具合を悪くしたので、早く治るよう、祈願にでも来たか？」

最近、江戸では疫病が流行《はや》っているからと、大国主命はさらりと口にした。

「若だんなも、寝込んでおるのかな」

するとだ。この話を良ききっかけとして、長崎屋の妖達は口々に大国主命へ、語りかけ始めた。

「聞いて下さいな、大国主命様。長崎屋じゃ、とんでもないことがあったんです」

「きゅいきゅい」

「あのですね、離れに、ですね」

「まずは、疫鬼が来たんだよ」

「疫鬼？」

大国主命が、すっと片眉を引き上げた。

「若だんなは、死にかけておるのか？」

ここで金次が、首を横に振る。

「いんや。若だんなは、間を置かず寝付いてるし、病が重くなったこともある。だけどね」

今は、大病に罹っていないのだ。寝込んではいるが、白沢である仁吉とて、焦《あせ》ってはいなかった。なのに。

「色々な色の疫鬼が、長崎屋へ五人《たり》も来るような様子になって、心配なんだよ」

「疫鬼が店へ、五人来た？」

今度は大禍津日神が、妖達を見てきたので、皆は大きく頷いた。その上だ。

「きゅべ、他にも来た」

「そうなんですよ。疫病神って御仁まで、来てしまって」

大禍津日神は大きく目を見開き、その様子が怖かったのか、鈴彦姫は口をつぐんでしまった。代わりに屛風のぞきが、その先を語る。

「大禍津日神様、疫鬼って奴《やつ》と、その疫病神は、競ってるんだ」

「競う？　何をだ？」

「江戸へ疫病をもたらしたのは、疫鬼なのか、疫病神なのか。そいつを争ってるらしい」

己こそが疫病を操る者だと、双方が言い張っているのだ。

「どっちも威張って、引かないんだ。あれじゃ当分、疫病が江戸から去りゃしない。江戸の皆が、生きていけねえよ」

屛風のぞきは、滅多にないほど真剣な顔になり、両の手を合わせ、二人の神を拝んだ。

「頼むよ、神様。長崎屋に来たあの怖い御仁らに、西の地へ帰れって説教しとくれ」

長崎屋の妖達には、どちらの神が偉かろうが、関係ないのだ。

すると、ここで口を開いたのは、大禍津日神の方であった。神は静かに、疫神達が今も長崎屋にいるのか、問うてくる。

「いんや。疫鬼も疫病神も、あたし達が一旦、追い払った。長崎屋にゃ、疫病に効く薬、〝香蘇散〟があるからね」

けれど死んじゃいないし、きっと長崎屋へ戻ってくると、若だんなや兄や達は言っている。長崎屋が売っている〝香蘇散〟は、疫鬼達を退けた。つまりあれは、疫病を広めるのに、邪魔な薬なのだ。

「だからあの薬を始末しに、悪鬼らは、また長崎屋へ来るんだってさ」

しかし、薬屋が薬を売るのは商売だと、屛風のぞきは口を尖《とが》らせる。

「疫病神達が、そいつを止めようっていうのは、筋違いだよ。神様、何とかしとくれ」

ようやく話が終わると、妖達は揃《そろ》って、大禍津日神の顔を覗《のぞ》き込んだ。

古くて偉そうな神様なのだ。だから、後の事は任せろ、もう大丈夫だと言ってくれるのではないかと、期待したのだ。

だが。

「あ、あれ……？」

屛風のぞきが、まず声を震わせた。

「きゅいいーっ」

小鬼も鳴き出した。大禍津日神は酒杯を手にしたまま、何故《なぜ》だろうか、今までで一番怖い顔を見せてきたのだ。

「きょんべ？」

神は、ゆらりと立ち上がると、目に怖い光をたたえつつ、低い声で語り出す。

「疫鬼と疫病神が、疫病を流行らせておるのは、己だと言っているのだな。その上、疫病を司ると言っている輩《やから》が、人や妖ごときに、家から追い払われたのだと？」

その声は、静かなものであったのに、大国主命の社を、地の底から揺さぶる。大国主命が、口《くち》の端《は》を引き上げた。

「きゅ、きゅげーっ」

「わしはそれを、見過ごすことは出来ぬ」

大禍津日神が、妖達に顔を寄せてきたので、皆が悲鳴を上げた。

6

長崎屋の離れに、凶事を司り、厄災をもたらす神が、姿を現していた。

万物を知る白沢、仁吉であれば、神の名を間違うようなことはしない。長崎屋に、新たな死の匂いがもたらされたことを、仁吉はすぐに承知した。

よって、大禍津日神、大国主命と共に、長崎屋へ戻ってきた妖達へ、針のように細くなった黒目を向けたのだ。

一方、蒲団《ふとん》から身を起こした若だんなは、二柱の神へ、柔らかな笑みを向けた。

「これは大禍津日神様、大国主命様。お越し頂けるとは、思いませんでした」

蒲団の内にいて申し訳ないと、若だんなが謝ったところ、いきなり来た方がいけないのだと、神達は鷹揚《おうよう》に言う。ただ、それでも帰ることはなく、二柱は離れへ上がると、近くへ座り込んだので、若だんなが問うた。

「酒などお出しして、よろしいでしょうか。ああ、栄吉の辛あられも、お気に召したのですか。金次達が、お社へ持っていったのですね」

ここで、長崎屋には馴染みの大国主命が、笑って仁吉に目を向ける。

「怖い目つきになっておるな。だが、わしや大禍津日神は今日、若だんなに、困り事をもたらしにきたのではない」

ただ神には、長崎屋へ来なければならない、訳があったのだ。機嫌の悪い兄やや、身を小さくしている妖らには構わず、神は突然の来訪の訳を、若だんなへ告げてくる。

「大禍津日神は、日の本を産みだした伊邪那岐命《いざなぎのみこと》が、黄泉国《よみのくに》から帰った後に生まれた、古き神なのだ。人の不幸や災いは、この神から起こるものだ」

ならば、西の地から江戸へ押し寄せる大きな恐怖、疫病も、もちろん大禍津日神が仕切るものでなければならない。大禍津日神はそう言っていると、大国主命は口にした。

ところが、だ。

「ここ最近、西で、大禍津日神の承知しない疫病が流行り、東へ伝わっていった」

納得出来ないものを感じた大禍津日神は、江戸へ様子を見に来たのだ。すると。

顔を見せた大国主命の社で、とんでもない話を聞くことになった。参拝に現れたのは妖達で、驚くような話を知らせてきたのだ。

「江戸では、疫病の支配をめぐり、争っている者がいるという」

五人の疫鬼と、老僧姿の疫病神らしい。そして双方とも、長崎屋へ押しかけたあげく、〝香蘇散〟で一旦追い払われたという。

「仮にも名に、神の字を付けている者がだ」

大禍津日神は、顔を顰《しか》める。

「よってわしは今日、疫鬼と疫病神に、会いにきたのだよ。長崎屋へまた現れるであろうと、そこに並ぶ妖達が、言っておったのでな」

「ほお、妖らは、そんなことをお知らせしに、大国主命様の社へ行ったのですか」

酒や肴と共に現れた佐助が、こちらも黒目を細くし、妖達を睨《にら》む。大国主命が、さらりと続けた。

「大禍津日神は疫鬼、疫病神と、ここ長崎屋で、話をつける気なのだ」

途端、兄や達が珍しいほど焦《あせ》った。仁吉が神の前へにじり寄ると、何人かの妖達は影内へ逃げた。

「大国主命様、何でその話し合いを、この長崎屋で行うのですか？」

大禍津日神は大国主命の客人で、神なのだ。話は、大国主命の社ですべきだ。仁吉は必死の顔で言ったが、大国主命はやんわりと、無理だと言ってくる。

「わしの社で待っていても、疫鬼と疫病神は、顔を見せて来ぬからな。大禍津日神が来ていると分かったら、なおさらだろう」

「それは、そうでございましょうね」

若だんなは苦笑と共に頷くと、二柱へ、運ばれてきた酒と肴を勧める。大禍津日神は、ほうと小さく言った。

「寝付いてばかりと聞くのに、長崎屋の若だんなは、肝が据わっておるな。疫病に関わる神、鬼が、住んでいる家にて争うと言っておるのだ。己だけでなく、家人全員、明日を迎えられぬとは、思わぬのか？」

するると若だんなは、辛あられの皿を差し出しつつ、大禍津日神を見た。そして一つ、腹に力を込めてから頷く。

「大禍津日神様が、疫鬼方とこの長崎屋で、会おうとされる訳は、承知しました。けれど、です」

長崎屋を使って貰《もら》うという約束を、若だんなは古き神、大禍津日神と結んでいないのだ。ならば。

「長崎屋を、待ち合わせの場にするのでしたら、場所貸し代を頂かねばなりません。当方は、商人でございまして」

「おや、災いよりも、金の心配か？　して、いかほど求める気かな？」

若だんなは、直《す》ぐに答えを返した。

「お代として、長崎屋の皆の命をお守り下さい。疫鬼達ではなく大禍津日神様が、真実疫病を支配しておいでででしたら、容易《たやす》い話かと思います」

そうすれば疫鬼も疫病神も、大禍津日神との神格の差を、思い知るだろう。若だんながそう言うと、大禍津日神と、眼差《まなざ》しが絡《から》んだ。側にいる兄や達が、総身を硬くしたのが分かった。

大禍津日神は、更に顔つきを恐ろしくしていた。その後しばし、互いに目を逸《そ》らさず、動く事もなかった。

そして。

「やれ、わしは、災いをもたらす者だというのに。ここでは命を守ることになるのか」

大禍津日神はふうと、大きく息を吐いたが、じき、怖いような笑みを浮かべる。

「我は厄災の神のように言われ、また、その通りでもある。だが、な。正しく祀《まつ》ってくる者のことは、古《いにしえ》より、時に守ってきたよ」

貧乏神と同じだなと、急に声を掛けられ、金次はそうだったかなと、そっぽを向いた。大禍津日神が、笑い声を響かせる。

「若だんなは運の良い者だ。わしは、この場を借りる代金を払う。つまりこの店の皆は、今回の疫病で死にはしないと約束しよう」

ただし、だ。

「わしは、人の凶事を司る神だ。よって、妖のことは、我が行いの外にある」

人ならぬ面々は、平素、生き死にから遠い筈《はず》であった。だから疫鬼や疫病神、大禍津日神が庭で暴れても、己の力で生き延びてくれと、神は告げてきたのだ。

　すると兄や達が間髪を容《い》れず、大禍津日神へ頭を下げる。

「ありがたきお言葉を頂き、感謝に堪えません。ええ、もちろんそのお約束で、承知でございます」

　仁吉が言い切った。

「きょげ？」

　佐助も続ける。

「妖であるならば、己の身一つくらい、己で守るべきなのですから」

　たとえ目の前の庭で、家が壊れるほどの争いがあったとしてもだ。妖は妖。そもそも群れている者でなし、誰かに守ってもらおうとするのは違うと言う。

「きょ、きょげっ？　痛い？　怖い？」

「あ、あらまあ、怖いこと」

　影内から声がし、不安になったのか、小鬼達が鳴き始めたが、長崎屋と大禍津日神の間で、約束が交わされてしまった。証文も印も無き約束であったが、それが重く、無かった事には出来ないことだと、双方分かっている。若だんなが、深く頭を下げた。

「ならば、後は疫鬼や疫病神が姿を見せるその時まで、ゆっくりお過ごし下さい」

その言葉を受けて、神々が酒や肴に手を伸ばす。すると、ようよう震えを止めた鳴家達が、肴欲しさに勇気を出し、神の膝を目指して進んだ。

やがて堂々と膝に乗り、辛あられを分けて貰うと、若だんなが明るく笑い、酒器の酒を、大禍津日神へ勧めたのだ。

だが、しばしの後。長崎屋の庭を、強い風が駆け抜けていった。

塀は崩れなかったし、木戸が開いた訳でもない。ただ剣呑《けんのん》な風は、離れを吹き抜け、肴や酒器、鳴家を一匹巻き上げると、空の彼方《かなた》へと運んでいってしまった。

「きょわーっ」

若だんなは慌《あわ》てて、小鬼の後を追おうとする。だが佐助はそれを止め、庭へ目を向けた。

「大丈夫、海の方へ飛んではいないから、小鬼は直ぐに戻って来ます。それより若だんな、妖達と、部屋の奥にいて下さい」

「……ああ、待っていた客人方が、おいでになったようだね」

酒と肴を失った二柱の神々も、部屋の内から、庭に現れた者を見つめている。

疫鬼と疫病神は、早々に長崎屋へ戻り、不機嫌な顔を見せていた。

7

長崎屋の庭に、まず聞こえたのは、老僧姿の疫病神の声だ。

「長崎屋の若だんな、今日は話しておく事がある。そうだな、疫鬼達」

「ああ。我ら五人の疫鬼と、横にいる疫病神は、どちらが頭と言える立場なのか。その勝負をつけねばならないのだ」

　そしてそれを、どこで、どのように決するか、ようよう決めたという。赤黒い疫鬼がにたりと笑った。

「我らは口の中へ、薬湯を放り込まれた件を、忘れてはおらぬ。よって、あの無礼を咎《とが》めるため、長崎屋に、思い知らせることにした」

　つまり疫鬼と疫病神の勝負は、この長崎屋の庭で、行うことになったという。そして、勝負の方法だが。

「我らは、この長崎屋の若だんなを、どちらが早く疫病で殺せるか、競おうと決めた」

「何と」

兄や達が顔色を変え……しかし、今日は、疫鬼達へは何も言わなかった。代わりに二人は、離れの奥へと目を向ける。

部屋の一角で、ゆらりと神が立ち上がった。座ったままでいる大国主命の膝《ひざ》で、小鬼が、びぎゃっと声を上げ、泣きそうになってしまった。

若だんなが慌てて鳴家を引き取り、蒲団の中へ隠していると、大禍津日神が横を音も無く歩み、庭に面した濡《ぬ》れ縁へ向かう。すると疫鬼達と疫病神の話が途切れた。

兄や達の目は針のようになっており、貧乏神金次は、口元に笑みを浮かべている。気が付けば、屛風のぞきは屛風へ戻っており、他の妖達は、影内へ引っ込んでしまった。

大禍津日神の低い声が、離れを静かに震わせる。

「なるほど、庭にいるこの鬼達が、長崎屋へ来たという疫鬼か」

ならば老いた僧の方が、疫病神というわけだ。大禍津日神がここで名のると、悪鬼達と疫病神が、揃って身構えることになった。

「何だ？　なぜ長崎屋に、古き神を名のる者がいるのだ？」

五人の鬼が言えば、疫病神も眉間《みけん》に皺《しわ》を刻む。

「どうして今日、大禍津日神が長崎屋に、湧《わ》いて出るのか」

疫鬼達と疫病神の、大事な場であった。

「疫病をどちらが司るか、立場を賭《か》けた争いを行うのだ。大禍津日神、口を出さんでくれ」

縁側に立つ者を見ただけで、腰が引けるのだろうか。疫病神の言葉は、最後は頼むような調子になって終わった。

しかし。その言葉を聞いた大禍津日神は、顔つきを険しくし、ぐいと顎《あご》を突き出した。

「お主達、今、疫病を司る者は誰かを、争うと言ったな。長崎屋の若だんなを、どちらが殺すかで、見極めるという話であった」

だがなと、ここで大禍津日神は、声に怒りを含める。

「人の暮らしに凶事を運び、この世に災いを運ぶ神は、この大禍津日神だ」

もちろん不幸や、病での突然の死も、大禍津日神がもたらすものであった。遥か昔、この日の本に、大禍津日神が生まれたその時から、それは決まっているものなのだ。

「疫鬼がいつ生まれたのかは知らぬが、鬼が、我の支配するものに、勝手に手を出してはならぬ」

もう一方は疫病神と、己を神の一人のごとく言う。だが人の祭や祈りで、町から払われるような、軽い者ではないか。

「この江戸に広まっておる疫病は、わしが許したものではない。どちらも早々に、この江戸から去るように」

そして二度と勝手に、疫病を支配するなどと、口にしてはいけない。大禍津日神は、有無を言わさぬ口調で、そう言い渡した。

途端、疫鬼達と疫病神は、ぐっと顔つきを怖くし、庭先から大禍津日神を睨んだ。

「大禍津日神様は、確かに古き神だな。だが、この疫鬼の主ではない」

「何故《なにゆえ》に突然、まるで主のごとく、頭《ず》の高い言葉を向けられねばならぬのか。わしは疫病神、疫病を広める者だ！」

「疫病のことを、お主達が己の配下にある病だと、言ったからだろうが。わしの言いつけが、聞こえておらぬのか？　それとも、分かる頭がないのか？」

「きょ、きょげーっ」

段々、大禍津日神の言葉と口調が、固くなってきて、疫鬼や疫病神の声とぶつかるたびに、火花が散りそうであった。蒲団に隠れている小鬼達が、身を震わせている。しかし、こんな時でも若だんなが無事であれば、兄や達は平気の顔でいるのだ。

一方若だんなの方は、いつまでも、落ち着いてはいられなかった。

（江戸じゃ、疫病が流行ってるんだもの。目の前で争いが続いている今も、亡くなる人が増えてるはずだ。一刻も早く病の流行を終わらせなきゃ）

しかし疫病をもたらす者達は、更に大きく、揉《も》めそうになっている。そして若だんなには、どうやったら事を収められるのか、とんと分からなかった。

（どうすればいいのか。きっかけになるものでも、ないか）

辺りへ必死に、目を向ける。

すると。

若だんなは不意に、目を見張った。この時、一人離れて座っている大国主命が、面白がっているのか、笑みを浮かべているのを、見つけたのだ。

（あ、あれ？）

馴染《なじ》みの神にとって、今、目の前で繰り広げられている言い合いは、大して剣呑な出来事でもないらしい。そして。

（大国主命様は、慈悲深いお方だよね？　神ゆえ、怖い所はおありだけど）

その神が、今、笑っているのだ。

（何故だろう）

考えてみて、訳は知れた。昨日までと違うことが、一つあったからだ。

(長崎屋の者達は、大禍津日神自身によって、守られてる。私達は今回、疫病で亡くなりはしない)

なのに何を恐れているのかと、大国主命は笑っているのかもしれない。

ならばと、腹を決めた。

(先ほどの約束は、大禍津日神お一人のみと、交わしたものだ)

つまり疫鬼達や疫病神が、従う訳などないものだ。だが今は。

(あの約束だけが、頼りだ)

若だんなは濡れ縁へにじり寄ると、庭で話す神達へ声を向けた。

「疫鬼、疫病神、御身方は、もう疫病を好きに出来はしないんですよ」

途端、鬼や疫病神の目が、若だんなへ向けられる。総身がひやりとするほど、冷たい眼差しであった。

「長崎屋の若だんなは、黙っておれ。今我らは、大禍津日神と話しているのだ」

「その大禍津日神様が、はっきり言い切って下さいました。この長崎屋にいる人は、今回の疫病で、死にはしないと」

若だんなも、その内の一人だ。

「つまりです。私は今、疫鬼方と疫病神を、恐れなくとも良いのです」

ということは、疫鬼方と疫病神の勝負は、もう答えが出ている。決着は、事を始める前から、既についているのだ。

「双方、疫病で私を殺すことは出来ません。つまり大禍津日神様は言葉通り、私を守ることになる。大禍津日神様の勝ちです」

だから直ぐに、帰ってくれ。若だんなはそう、言い切ったのだ。

怒りの声が、束になって向かってきた。

「さっきから勝手を並べおって。勝負はまだ、始まってもおらぬ。分からぬのかっ」

怒った赤い疫鬼が、庭からひとっ飛び、離れの部屋へ乗り込む。そして小鬼達が悲鳴を上げる中、もの凄《すご》い拳《こぶし》の一撃を、若だんなへ食らわしてきたのだ。

だが、佐助が見事に鬼の腕を摑《つか》み、無謀を阻《はば》む。仁吉が素早く若だんなを背に庇《かば》い、動き回る鬼達に蹴《け》りを食らわせると、赤鬼が縁側へ飛ばされた。

しかし鬼は身を低くし、また身構え、襲う気を示してくる。その上、今度は疫病神までが、離れへ入り込んできた。

疫病神は、己こそが先に若だんなの息の根を止め、疫病を司る者が誰なのか、示すと言ってきたのだ。

「若だんなを仕留めた者が、百万の江戸者の、命を握れるわけだ」

「きょんげーっ」

「きゅいーっ」

鳴家達が、鳴き声を張り上げた。影内に逃れている妖達の声が、若だんなへ届いてくる。怖がってはいるが、疫鬼や疫病神の足を、必死に影内から摑んでくる。若だんなは、立ちすくんでいる小鬼を抱き上げ、懐《ふところ》に突っ込みつつ言う。

「妖達、無理しないで。逃げてるんだよ」

すると。

今度は黒い鬼が飛びついてきて、若だんなの真正面に迫った。咄嗟《とっさ》に後ろへ逃げたが、そこには疫病神が待ち構えていた。

(拙《まず》いっ)

若だんなが仰《の》け反《ぞ》り、仁吉が疫病神の手を払う。しかしそこへ、青鬼までが手を伸ばしてきたのだ。

若だんなは己に、その手が届くと感じた。

そして……そして。

「えっ?」

若だんなは、目を見開いていた。何が起きたか、直ぐには摑み切れないほど素早く、目の前で動いた者がいた。

(大禍津日神様だ)

そう思ったとき、若だんなの眼前から、疫鬼が消えていた。疫鬼は、赤や黒、青など五人も居たというのに、あっという間に、影内へ落とし込まれていたのだ。

更に疫病神も、消えかかっていた。ちょうど影内に半分、頭から落とされているところであった。

立ちすくんで、その恐ろしい場へ、目が釘付《くぎづ》けとなる。

(魂消《たまげ》た。どうやって捕まえたのかも、見えなかった)

すると。影内へ逃げていた妖達が、中で大声を上げ、逃げ惑うのが分かる。大禍津日神はその声には構わず、疫病神を一気に、影内へ沈めてしまった。

小鬼達でさえ上げたことが無かったような、恐ろしい悲鳴が影内を揺らし、部屋に響き渡った。そして、泣き言のような言葉が伝わってくる。

もう、しません。決して要らぬ事は言いません。許されよと願う声だ。しかしそれは、どんどん遠ざかっていく。そして、それこそあっという間に、消えてしまったのだ。

大禍津日神が振り返り、ここで、若だんなを見てきた。

「わしは、約束は守ってやった。そうだな?」

怖い声の主へ、急ぎ頷いた。若だんなは畳に顔を向け、深く深く頭を下げると、礼を口にする。

「命が助かりました。ありがとうございました。大禍津日神様こそ、日の本、全《すべ》ての災いを統《す》べるお方でございます」

皆がそれを承知していると言うと、古き神は、口元にうっすらと笑みを浮かべる。

そして、わずかに頷いたと思ったその時、大禍津日神の姿は、長崎屋の離れから消えていたのだ。若だんなは呆然《ぼうぜん》としつつ、疫病をもたらす者達が、かき消えた跡を見つめた。

「夢のようだ。もう、おいでにならない」

ここでおしろと鈴彦姫、金次と場久が、影内から飛び出してきた。鈴彦姫は泣きそうになっており、場久は口元をひん曲げている。

「参りました。何で神様と関わると、毎度こういう、とんでもないことになるんだろう」

「おや、妖達は大変であったのか? 誰一人、死にもしなかっただろうに」

ここで、部屋奥で座り続けていた大国主命が、やっと立ち上がった。そして、さて、終わったかと言い、ゆっくり伸びをしたのだ。

「一騒ぎだったな。やれ、長崎屋と関わると、退屈だけはせぬ」

大国主命は、ゆうゆうと笑っている。若だんなが、疫病で死なずに助かったと、兄や達が頷いている。

若だんなはほっと息をつき、大国主命へも頭を下げた。そして栄吉の辛あられと酒で、飲み直されますかと問うてみたのだ。

するとその時。顔を向けたそのとき、馴染みの神も既に、長崎屋の部屋にはいなかった。

妖達は顔を見合わせた後、畳へ、仰向けに倒れ込んだ。


「やっと、疫病も終わるんだろうねぇ」

これは、良き結末というものなのだろうか。貧乏神の金次さえ、草臥《くたび》れた顔になって、ただ畳へ伸びていると、母屋《おもや》の大戸が開けられる音がした。恐ろしき面々が消えたことを、家の内でも、何となく感じたのだろう。母屋の店の者達が、動き出したのだ。

「やれ疫神達と、長く付き合ったね。それともあれは、寸の間の夢、幻だったのかな」

若だんなは小鬼らを蒲団から出し、広徳寺の寛朝へ、事の次第を書き送らねばならないと口にする。兄や達は、まずは休んでくれと若だんなへ願い、小鬼と一緒に、蒲団の内へ入れてしまった。

「仁吉、佐助、大禍津日神様は、どこへ行かれたんだろう」

己の社まで疫鬼達と疫病神を、連れて行ったのだろうか。若だんなが首を傾げると、身を起こした金次が、ぼそりと語る。

「古き神々ってぇのは、怖いもんだ」

金次によると、昔からそういうものと、決まっているのだそうだ。

「きゅんべ、お腹《なかす》空いた」

「若だんな、疲れただろ。早くまた、寝た方がいいぞ」

屛風のぞきに言われたが、そうそう昼間から、眠れない。若だんなが両の眉尻《まゆじり》を下げたところ、ならば何か食べた方がいいと言い、おしろが急ぎ、鍋《なべ》でも作ろうと口にした。

「きゅい、鳴家は沢山食べる」

「そういえば、昼餉《ひるげ》を食べていません。若だんな、鳴家よりも多く食べて下さいね」

兄や達が言うと、場久が鍋の具を、台所へ貰いに走る。魚がよい、貝も入れてくれと言う楽しげな声が、離れのあちこちから聞こえてきた。

やっと、江戸の恐ろしき騒ぎが、終わろうとしていた。

ともをえる

1

長崎屋《ながさきや》の若だんなは、珍しくも、江戸にある商人の別宅にいた。江戸店《だな》、江戸椿紀《つばき》屋《や》の大元締吉右衛門《きちえもん》が招いてくれたのだ。

そしてそれだけでなく、大元締から、本家で、大坂にある薬種屋《やくしゅや》、椿紀屋の娘婿《むすめむこ》選びに知恵を貸すよう、頼まれることになった。

婿がねは三人、皆、京や大坂に住む、椿紀屋一門の者であった。

大坂の、両替椿紀屋の次男、達蔵《たつぞう》。

京にある、紅《べに》椿紀屋の次男、次助《じすけ》。

同じく京の、薬種椿紀屋の四男、幸四郎《こうしろう》。

大坂の本家椿紀屋は、薬種屋の多い船場《せんば》でも名の通った、薬種の大店だという。その娘婿に決まれば、いずれは大店の主《あるじ》になるだけでなく、ご本家と呼ばれる、一門の長《おさ》になることが決まるのだそうだ。

大枚を得、偉い立場に立ち、奇麗な娘を妻にすることが出来るわけだ。

人の一生を、左右する話であった。若だんなは、誰かの名を告げるが、決める事が恐ろしいと思った。

何で自分が、婿がね選びに関わることになったのかと、若だんなは天を見上げた。


長崎屋は、廻船問屋《かいせんどんや》兼薬種問屋で、江戸でも繁華な通町《とおりちょう》沿いに店を開いている。

その長崎屋の若だんなが、椿紀屋の騒ぎに巻き込まれたのには、きっかけがあった。

昼前、長崎屋へ飛脚が文を届けてきたのだ。

若だんなは、薬種問屋長崎屋の奥の間で、兄《にい》や達からまず、九州の温泉へ湯治《とうじ》に行っている親からの文を受け取った。

そして、便りを楽しく読み始めたのだが……仁吉《にきち》と佐助《さすけ》に向け、早々に溜息《ためいき》を漏らした。

〝一太郎《いちたろう》、私とおたえは九州の温泉で、生まれて初めての湯治を楽しんでるよ。遠縁のおきのさんに会ったが、亡《な》くなった姑《しゅうとめ》に似た、奇麗なお人だった〟

そこまでは、良かったのだ。だが文の続きは直《す》ぐ、若だんなへの気遣いで埋め尽くされていった。

〃それで一太郎、熱は出てないかい？　朝は遅くまで寝ていて、いいんだよ。仕事は早めに切り上げ、休みなさい。体に障《さわ》るからね〃

〃毎日、無理して働いてはいないだろうね。店は、大番頭さん達や、仁吉、佐助がいれば、大丈夫だ。お前はのんびりしておくれ〃

〃沢山食べるんだよ。好きな食べ物を、好きなだけ買っていいからね。でも一太郎は食が細いから、好き放題出来なかろうと、案じてるよ〃

〃芝居でも、寄席《よせ》でも、楽しみなさい。ああでも、あちこちへ出かけたら、熱が出てしまうか。大道芸を店へ呼ぶのもいいかな〃

親の心配は、更に大きくなっていった。

〃一太郎、大変だっ。おたえが今、仁吉からとんでもない文を、貰《もら》ったって言ってるよ。江戸で疫病《えやみ》が流行《はや》っているって？　お前、大丈夫かい？　病で寝込んでないだろうね。私らは、直ぐに戻るよ。ああ、ああ、心配だ〃

「お、おとっつぁん、落ち着いて」

若だんなは文へ向け、思わず声を掛けた。すると文は直ぐに、穏やかなものとなる。

〝いや、済まん。江戸の疫病は、長崎屋に伝わる妙薬〝香蘇散《こうそさん》〟で、収まったという知らせだった。一太郎も無事だと書いてあったよ。仁吉ったら、驚かせてくれる。おたえも、百年寿命が縮んだって言ってるよ〟

若だんなも親の文を読んで、二年ばかり縮んだ気がした。

〝一太郎に何かあったら、私もおたえも、どうしたらいいか分からないんだ。こりゃ、そろそろ江戸へ、戻りたくなったたな。でも旅に出ることは、そうあることじゃないしね〟

早く帰っては、招いてくれたおきのに悪いと思うという。だから。

〝決めてあった通り、もうしばらく西にいるよ。何かあったら、直ぐに知らせておくれ。毎日、一太郎を案じている両親より〟

若だんなは深く頷《うなず》くと、一旦《いったん》、文から目を離し、茶を淹《い》れている兄や達を見た。

「おとっつぁんとおっかさんは、西の温泉で、ゆっくり過ごしてるみたいだ。二人とも息子の心配ばかりしてないで、楽しめばいいのに」

茶を貰った若だんなが、眉尻《まゆじり》を下げると、兄や達は笑っている。

若だんなの祖母おぎんは、人ではなく、齢《よわい》三千年の大妖《たいよう》、皮衣《かわごろも》であった。亡くなった事になっているが、妖《あやかし》ゆえ、まだ存命だ。今回、遠縁おきのを名のって、両親を西への旅に誘ったのは、この祖母おぎんであった。

その縁《えにし》ゆえ、長崎屋には仁吉や佐助など、多くの人ならぬ者達が集《つど》っている。若だんなも、相手が妖かどうかは分かるし、人には見えない小鬼の鳴家《やなり》を、見る事も出来るのだ。

「きゅい、鳴家、一番」

ただ、そんな不思議な血筋ゆえ、時に困ることもあった。己《おのれ》を守る妖達へ目を向けつつ、若だんなはこぼす。

「心配しなくても、私は大丈夫なのに。長崎屋には、しっかりした奉公人達が付いているんだから」

はっきり言えば、主が遠方へ出かけ、若だんなが離れで寝込んでいても、長崎屋の商いは儲《もう》かっていく。これならば先々、病がちの若だんなが跡を継いでも大丈夫だと、今、噂《うわさ》が近所で広がっているところであった。

ただ、それはそれで、若だんなの悩みの元になっているのだ。

「長崎屋が安泰なのは、仁吉や佐助、大番頭達のお手柄なんだ。私が店の帳場に居なくても、同じで……情けないよ」

食べる気にもなれず、溜息を漏らすと、団子を全部小鬼達へやった。すると兄やの仁吉が、火鉢の向こうで顔色を変える。親に負けず、若だんなに甘い兄や達は、若だんなの食が細いと、江戸へ危機が来ると言うのだ。

　直ぐに佐助と小声で話した後、仁吉は手妻《てづま》のように、懐《ふところ》から次の文を取り出した。

そして、若だんなが商いを気にするのなら、これを先に見せるべきだったと言ってくる。

「今日、飛脚が届けて来た文は、実はもう一通ありまして。こちらは大坂からのものです」

　二通目を見て、若だんなは首を傾《かし》げた。

「上方《かみがた》からの文とは珍しいね。商いの用かな。送ってきた人、誰？」

「若だんな、それ、上方の薬種屋からの文でして。大坂の道修町《どしょうまち》薬種仲買仲間、百二十四軒の内の一軒、椿紀屋十郎から一筆届きました」

「椿紀屋さん？　はて、初めて聞く名前だ」

「大坂には江戸よりもずっと多く、薬種屋が集まっております。椿紀屋さんはそんな薬種屋の中でも、大店の一つです」

　若だんなは、急ぎ文を開いた。

「椿紀屋さんは、長崎屋と縁を結びたいと、言ってこられたんですよ。店同士親しくなり、互いにもっと、大きくなろうということです」

若だんなは、膝《ひざ》の鳴家に文を持たせると、妖と一緒に首を傾げた。

「仁吉、縁続きでもない上方の店から、そんな申し出をされるなんて、ちょいと不思議だ。椿紀屋さん、どうして文を寄越したのかしら」

「きゅべ、美味《おい》しいから」

その答えは、はっきりしていた。

「先の疫病が、関わっておりました。あの病が江戸まで来た時、大坂でもまだ疫病が続いてたんですよ」

だが江戸では、若だんなにうつることを恐れた長崎屋の皆が、さっさと疫病を鎮《しず》めた。茶枳尼天《だきにてん》の庭で取れた陳皮《ちんぴ》を使い、特製の疫病薬、〃香蘇散〃を作って売り出したのだ。

「すると、江戸から大坂の身内へ、あの〃香蘇散〃を送ったお武家がいたそうで」

江戸に住む者の半分は、武家であった。そして多くの藩は、年貢米や特産品を売りさばくため、天下の台所大坂にも、蔵や屋敷を持っているのだ。

薬は確かに良く効き、ある武家が、大坂の薬種屋椿紀屋へも分けた。〃香蘇散〃を売る長崎屋の名が、船場へ伝わったわけだ。

「椿紀屋さんは、それで長崎屋に興味を持ったようです」

そういう事情でもなければ、大坂の薬種屋が、江戸の薬に興味を示すことはなかろうと、仁吉は言う。

「薬は大坂の方が上という御人《おひと》に、私は会ったことがございます」

上方の大店椿紀屋は、おそらく薬種問屋長崎屋より、ぐっと大きかろうと言われ、若だんなは気になってくる。

「ねえ仁吉、佐助。古くから薬種屋が集まっているという町の、大店がいかなる商いをしているか、知りたい。見てみたい」

素直に言ってみたところ、兄や達は顔を見合わせ、頷いた。

「おお、興味が出ましたか」

仁吉が、身を乗り出し言葉を続ける。

「実は椿紀屋さんはその文で、一度上方へ来ませんかと、長崎屋を誘っております」

大坂の薬種仲買仲間にも、紹介してくれるという。

「なんと、それはありがたいね」

若だんなが、目を煌《きら》めかせた。

すると、ここで薬種問屋の店表から、離れに巣くう妖、屏風《びょうぶ》のぞきが顔を見せて来た。妖は今、薬種問屋で働いており、今日も奉公人の姿をしている。

「おい、小鬼が今、若だんなと一緒に大坂へ行くって、店表へ自慢しにきたぞ。行くならさ、この屏風のぞきも付いていくよ」

せっかく風野《かぜの》という、人としての名を貰ったのだから、上方で名のってみたいと言う。すると、小鬼達はあちこちで話したのか、他の妖達も口を出してきた。

「仁吉さん、猫又《ねこまた》のおしろもお供します。あたしなら、人に化けられますから」

「おしろさんは、前に寛朝《かんちょう》様と、旅をしてるじゃないですか。今度は鈴彦姫《すずひこひめ》が行きたい」

「きゅいきゅい」

「化けるなら、守狐《もりぎつね》が一番上手《うま》いです」

仁吉は、妖達の声を抑えると、ここでにやりと笑った。

「皆、若だんなのお供を申し出てくれて、ありがとうよ。ならば私が上方へ行っている間、お前さん達は、若だんなの側《そば》に居ておくれ」

「えっ？　仁吉、その言い方だと、大坂へは仁吉が行くってこと？　何で？」

ここで仁吉は、それは優しげな顔で、若だんなの持つ文を指してきた。

「椿紀屋さんは、大店。それで江戸にも、江戸店を出しているそうで」

江戸店は、上方の大店が江戸に出す分店で、店を預かる者も下で働くのも、上方から来た奉公人達、西の出の者であった。その店があるので椿紀屋は、長崎屋の若だんながが病弱なことも、ちゃんと摑《つか》んでいたのだ。

「それで、椿紀屋と縁を結ぶ時、若だんなご自身に来て頂くのは、申し訳ないと言ってきてるんです」

大坂への旅は、歩いて半月もかかるからだ。

「椿紀屋さんは、上方へは代わりの奉公人が来てくれればいい。若だんなは江戸椿紀屋の別宅へ招きたいと、言って来られました」

ちなみに江戸店の江戸椿紀屋は、薬種屋ではなく両替商だという。若だんなが目を見開いた。

「両替商！　同業じゃないから、江戸椿紀屋の名を知らなかったんだ」

椿紀屋が江戸店を任せているのは、椿紀屋でも商い上手で知られた奉公人で、今は大元締だという。椿紀屋と長崎屋が縁を結んだら、江戸の大元締とも顔を合わせる機会が増える。そこで、挨拶《あいさつ》をしたいとのことであった。

若だんなは大きく息を吐き出し、膝の小鬼を撫《な》でる。

「つまり椿紀屋さんに興味があるなら、私は大坂には行かず、江戸で大元締さんと会うべきなんだね」

仁吉は優しく、言葉を続けて行く。

「そういうことになります。若だんな、別宅へ行かれるなら、奉公人の屏風のぞきを、お供にして下さい。それと、座を盛り上げる為《ため》に連れてきたとでも言って、噺家《はなしか》をしている場久《ばきゅう》も、同道して下さいまし」

供が一人では不安だという。途端、他の皆から、不満が湧《わ》いて出る。

「きゅんわ？　鳴家は勝手に行く。べったく」

「おしろも行きますって」

「鈴彦姫は？　また置いてきぼりですか？」

「何で守狐ではなく、屏風のぞきなのですか？　長崎屋の奉公人だから？　我らもこれから、奉公します」

妖達は、自分が若だんなにくっついて行くと言い張ったが、仁吉はそれには構わず、若だんなと、椿紀屋との話を続けていく。

「この仁吉が大坂へ向かい、椿紀屋が、付き合うべき相手かどうか、判断して参ります。若だんなは大元締の人となりを、見極めてきて下さいまし」

言われて、若だんなと屏風のぞきが頷いた。確かにそのやり方が、椿紀屋の意向にも沿っている。

「ただね、大坂へ行きたかったから、私は拗《す》ねてるんだ。それだけだ」

若だんなが正直に言うと、仁吉と佐助が揃《そろ》って優しげな顔になった。

「別宅では、無理はしないで下さいね。熱が出たら、椿紀屋さんに言って、直ぐに寝かせて貰って下さい。屏風のぞき、お前さんがきちんと守っておくれ」

屏風のぞきが頷くと、妖達から声が上がる。

「仁吉さん、屏風のぞきじゃ心配ですよう。あたし達も別宅へ行きます」

「なにおうっ、この屏風のぞきの、どこが心許《こころもと》ないってんだ」

「きゅべ、お菓子くれない。全部駄目」

妖達の言い争いが聞こえる中、兄や達と若だんなは、互いが店を離れている間のことを、あれこれ決め始めた。

仁吉は大坂の米相場、堂島《どうじま》に通っている金次《きんじ》を、旅の連れと決める。長崎屋の商いはしばし、大番頭達と佐助が預かることになった。

2

江戸椿紀屋の別宅は、上野の山陰、根岸《ねぎし》の静かな里にあった。文人墨客《ぶんじんぼっかく》が住まう地には、大店の別宅もそこここにあり、若だんなにも馴染《なじ》みがある。

椿紀屋の別宅に着くと、幾つもの小さな棟が建つ庭は、ゆったりと広かった。若だんなと妖達が顔を見せると、江戸椿紀屋の筆頭、大元締の吉右衛門が笑顔で迎えてきた。

(おや吉右衛門さんは、狸《たぬき》に似ていなさる)

若だんなが挨拶をしている間に、屏風のぞきと場久が、似たことを遠慮もなくささやいている。吉右衛門はころりとした体つきで、丸顔、人の良さげな男であった。

しかし、若だんな達はその後早々に、口を引き結ぶことになった。人の良い顔をした椿紀屋の狸は、むくむくとした毛並みの可愛《かわい》い獣ではなく、手強《てごわ》い狸親父《おやじ》だったからだ。

大元締に誘われ、まずは庭に面した奥の平屋へ向かう。すると通された部屋には、何故《なぜ》だか、四人の若者達が座っていた。

「きょんべ?」

最初に大元締へ、挨拶の品を渡す気でいた若だんなは、驚いて、廊下で足を止めた。後ろから、屏風のぞきの声が聞こえてくる。

「ありゃ？　誰なのかね」

一方、部屋に居た四人も、さっと眉を顰《ひそ》め、大元締へ目を向けた。大元締は、若だんな達を座らせると、己も悠々とした顔で座に着き、集《つど》った皆の紹介を始めた。

「若だんさん方、こちらは廻船問屋兼薬種問屋、長崎屋の跡取り一太郎さんと、奉公人の方で。先に疫病が流行った時、江戸の薬種問屋が、よう効く薬で打ち払ったと、噂《うわさ》になりましたやろ。あの〝香蘇散〟を売ったお店です」

このたび椿紀屋は、長崎屋と縁を結ぶことになったと言うと、端にいた若者が片眉を引き上げる。

「ああ、あの、あり得へん東《あずま》の噂話。あの店が、何で椿紀屋と関わるんかいな」

「はあっ？　東？　店の名も言わず、何だい、その見下した言い方！」

屏風のぞきが、眉を引き上げる。横で大元締が、やんわりと西の若者を止めた。

「達蔵さん、椿紀屋のご本家が、長崎屋さんをこの別宅へ、招きはったんでっせ」

大元締が一言、本家と口にすると、眼前《がんぜん》にいた若者四人は目を見交わし、口を閉じる。吉右衛門は笑みを浮かべ、今度は若だんなへ、部屋に並ぶ若者達の事を告げてきた。

「こちらの四人の若だんさん方は、上方にある椿紀屋本家の、ご一門の方々でして」

分家や遠縁の店の、次男三男達だという。

「左端が、大坂の両替椿紀屋次男の、達蔵さん」

「次が京の、紅椿紀屋の次男、次助さん」

「京の、薬種椿紀屋の四男、幸四郎さん」

「右端におるんは、紅椿紀屋の三男、昌三《しょうぞう》どん。昌三どんは、去年から江戸椿紀屋で、奉公しとります。よって昌三どんは羽織を着とらんし、奉公人として扱いますよって」

そこはけじめですからと、吉右衛門は言う。若だんなは頷いたが、分からない事は多々あった。

「あの、両替商江戸椿紀屋さんの別宅へ、椿紀屋縁《ゆかり》の息子さん方が、来られているのは分かりました」

何か用が出来て、上方の面々は、江戸へ集ったのだろう。ならばだ。

「私はこの別宅へお邪魔する日を、先延ばしにしても良かったのですが。椿紀屋さんの身内の集いに、他家の者はお邪魔でしょう」

一旦帰りましょうかと、若だんなは言ってみた。一門の若だんなが集う用が、軽いものだとは思えなかったのだ。

大元締は、気遣いに礼を言った後、確かに大事な用があると、ここで言う。そして、今日初めて会った若だんなへ、魂消《たまげ》るような大事を、あっさり教えてきたのだ。

「実は先だって、大坂の椿紀屋本家に、大事が起きまして。本家の二人のお子の内、総領の一之助《いちのすけ》さんが、先の疫病で、急に亡くなりはったんや」

息子と娘、二人とも病に罹《かか》ったが、少し遅れて寝付いた娘は、何とか助かったという。

「これは……ご愁傷様です」

若だんな達の声が揃う。

「突然のことやったし、跡取りを失のうたんや。ご本家は気落ちされた」

しかし、椿紀屋本家の跡目を誰にするか、長く、放って置くことなど出来ない。本家は早々に、腹を決めることになった。

「店の明日を託す次の主は、生き残った娘、いとはんの婿にすると決まったんです」

娘へ出来の良い婿を迎え、次の店主とするやり方は、珍しいものではない。問題は、その婿を、誰にするかなのだ。

「是非息子を婿にという話は、一門から山と来たようで。けど、まだ決まっとりまへん」

椿紀屋一門でも、疫病で亡くなった者は多かった。婿にはそんな一門を支え、大きくしてくれる器量が欲しい。当主はそう言っているのだ。

「で、数多《あまた》の縁談の中から残った、立派な婿がねさん方が、ここにおられる若だんさん達というわけや」

三人の若だんな達へ、目を向けた。もし本家の婿に決まれば、長崎屋よりも遥《はる》かに大きな店の、主になれる人達であった。

ただ。若だんながが、そっと首を傾げていると、後ろで場久と屏風のぞきが、小声で勝手に、本音を言い始める。

「婿取りの必要は分かったよ。けどさ、椿紀屋のご本家は何で江戸へ、三人も婿がねを寄越したんだろ」

「風野さん。似たり寄ったりの器量で、ご本家には、すっぱり決められなかったんですよ、きっと」

それで余所《よそ》へ旅に出したのではと、場久は続けた。いつもと違う場へゆくと、人はまま、思わぬ面を見せてくる。婿を選ぶため、それを知りたかったのではと口にしたのだ。

「これ風野、場久、失礼だよ」

あけすけな言葉に、若だんなが慌《あわ》てる。だが妖達は先を続けた。

「婿がねが皆、ぱっとしなくて迷ってんなら、あとは、娘のいとさんとやらに、聞けばいいだけじゃないか。誰を婿にしたいかって」

勝手に決められるより良いだろうから、いとさんは、ちゃんと選ぶに違いない。つまり、跡取りは直ぐ決まる筈《はず》なのだ。

「だろ？」

屏風のぞきが言いきったとき、ぱっとしないと言われた三人が、睨《にら》みつけてくる。

「おまはん達、長崎屋の、ただの奉公人やろ。要《い》らんこと口に出すな」

「奉公人で悪かったな、ええと、達蔵さん」

だが達蔵とて、まだ本家の婿ではない。

「椿紀屋の、ただの冷や飯食いじゃねえか」

「なんだとっ」

達蔵が怒りと共に、片膝を立てた時、隣にいた次助が、口を引き結ぶ。そして無言のまま、湯飲みの茶を浴びせてきた。

「ぎゃーっ」

茶で濡《ぬ》れた屏風のぞきが、悲鳴を上げ逃げる。本体が屏風、つまり紙で出来ている妖は、水が酷《ひど》く苦手なのだ。

「済んまへんっ、大丈夫でっか？」

大元締が慌てたが、若だんなは大事ないと言い、妖を捕らえると、急ぎ手ぬぐいで拭《ふ》いた。そして自分の印籠《いんろう》から飴《あめ》を取り出し、咳《せ》き込む屏風のぞきに含ませる。

「咳に効くよ。なめて、落ち着いておくれ。こんな席で、馬鹿《ばか》を言うからだよ」

「きゅべっ、鳴家も飴欲しい」

大元締は、客人と揉《も》めるなと次助を一睨みしてから、溜息を漏らした。

「確かに、婿がねを誰にするか、ご本家は迷うてはる。で、いとはんに問う代わりに、このわてに文で、考えを聞いてきたんや」

「えっ……」

上方の若い面々が、顔色をすっと変えた。

（おや、そのことは知らなかったのか）

若だんなが目を向けると、大元締は、荷が重いと言い出した。

「わては何年も江戸におるから、西で暮らす若だんさん方と、顔を合わせてまへん。次のご本家に相応《ふさわ》しいんが誰か、見抜くことなぞ、出来まへんがな」

それで大元締は正直に、本家へそう言ったという。すると驚いたことに本家は、江戸にいる大元締の元へ、婿がね達を寄越したのだ。

「こうなったら、きちんとご返事、せねばなりまへん」

大元締はまた、溜息を漏らす。

更にだ。三人の東下りを知らせる文に、大元締は別の心配を見つけた。何と本家は、江戸で疫病の妙薬、〝香蘇散〟を売った薬種問屋と、縁を結びたいと付け足してきたのだ。

「やれ、婿がね以外に、長崎屋さんについても、知らねばならんとは。参りました」

ぼやくように言った大元締へ、ここで奉公人となっている昌三が言葉を向ける。

「旦《だん》さん、ご本家はどうして、長崎屋さんに興味を持ったんやろか。疫病の薬なら、薬種屋の椿紀屋にもあるはずやのに」

すると大元締が口元を、突然大きく歪《ゆが》ませた。その顔は、何故か泣きそうにも見えた。

「ええ、わては本家へ奉公しとった身、訳を承知しとります。椿紀屋にも疫病の薬、ありますな」

椿紀屋本家は勤勉で、〝香蘇散〟について書かれてあった書を見つけ、その処方を元にして、薬を作っていた。だが。

「疫病に罹った若だんさんに、椿紀屋の薬、効かなんだそうや」

医者を呼んでも、無駄であった。本家は、息子が亡くなるのを、見ているしかなかったという。そして息子の葬儀を行った頃、今度は娘も寝付いてしまった。

「いとはん、兄さんとおんなじように、悪うなっていったそうや。やっぱり薬を飲んでも、医者を呼んでも、無駄やったとか」

もう駄目かと思ったとき、一門の幸四郎の口利《くちき》きで、ある武家が、余った疫病の薬を分けてくれた。薬種屋に、江戸の薬を渡すのは憚《はばか》られるが、しかしと、お武家は言ってきた。

「お武家のお子は、その長崎屋の薬で、助かったから言うて」

すがりつくものが欲しかった本家は、半信半疑で薬を、娘へ飲ませたのだ。すると、その日を境に、娘は回復していったという。

「何と……」

婿がね達は、本家が長崎屋に興味を持った訳を知り、目を丸くしている。若だんなはここで、唇を引き結んだ。良く効く薬は、余所へは言えない事情を抱えていた。

(あの〝香蘇散〟が効いたのは、仁吉が、茶枳尼天の庭にあった蜜柑《みかん》の皮、陳皮を使ったからだもの)

若だんなに疫病が移るのを、兄やは恐れた。

(あの薬、やっぱり相当強いものだったんだ。私は濃い薬を飲み付けてるから、試しに飲んでみても、さほどとも思わなかったけど)

椿紀屋の娘御が助かったのはいいが、薬種屋店主を驚かせた効き目となると、強すぎたのではないか。薬は下手をすると、反対に体を損ねてしまうのだ。

(おとっつぁんも、以前それで苦労した。新たな薬を売り出す時は、気を付けなきゃ)

頷いた若だんながふと顔を上げると、大元締の顔が、若だんなの目の前まで迫っていた。

「ご本家は今、自信を失のうてるんや。薬種屋なのに、息子を病で失のうた。娘は、他の薬種問屋の薬で、救ってもろうた」

それゆえ、跡取りを決めかねている。

「わては、誰がいとはんの婿として相応しいんかを、ご本家へ伝えねばなりまへん。長崎屋さんをどう思うかも、文に書かねば」

ならば、だ。眼前の狸顔が不意に、にたりと笑いを作る。

「まずは、長崎屋の若だんさんに、問うてみようと思いつきましてな」

「きゅべ？」

「あの、何をですか？」

「長崎屋さんは、これから本家、薬種屋椿紀屋と縁を結ぶ。その店の婿として、この三人の若だんさんの内、誰と先々まで付き合いたいか。それを聞きとうおます」

そうすれば大元締は、余所の者に、婿がね達がどう見えるか、知ることが出来る。また、その評を聞くことで、反対に、若だんな自身も測れるだろう。

「もちろん、跡目としてどなたが相応しいか、西へどう伝えるかは、わて自身が決める事。長崎屋の若だんさんの、お考え通りにはせんよって、心配要りまへんで」

本家が、大元締が考えた者を、婿にするかも分からない。だがそれでも、是非若だんなの考えを、聞かせて欲しいという。

「これはまた、大事を頼まれました。大元締さん、断ったらどうなりますか」

「そりゃ若だんさん、椿紀屋は、頼み事一つ聞いてくれんお人とは付き合えんと、文に書かせてもらいます」

大元締は何としても若だんなに、婿がね達を比べさせたいようであった。

(これは、とんでもないことになった)

そうは思うが、大元締の願いを承知するしかない。若だんなは諾《だく》と言った後、溜息を漏らし、妖達を心配させてしまった。

3

しばらく、江戸椿紀屋別宅で過ごすことになり、若だんな達は手代《てだい》の昌三に、部屋へ案内してもらった。

別宅は幾つかの棟が、飛び石で繋《つな》がっている作りで、人目が少ない。小鬼や妖達にとって、過ごしやすい家であった。

荷物を奥の一間へ置き、帯に下げていた印籠や財布など、細々したものを外すと、身が軽く感じられ、若だんなはほっと息を吐いた。昌三は庭に面した隣の間で、茶菓子を出した後、次助が茶を浴びせた屛風のぞきへ、頭を下げてきた。

「先刻は兄が失礼をしました。お許し下さい」

「いや、良いんだよ。何もやってない昌三さんが、謝ることじゃないし」

そういえば、昌三は次助の弟だったと、若だんなが今更のように言い、妖達は首を傾げる。

「兄さんは本家の婿がねで、弟は江戸店の奉公人なのかい？　随分、扱いが違うね」

「わては三男やし、江戸へ奉公するんは、己で決めた事で。そやから構わんのやけど」

ただ兄の不機嫌は、気に掛かるという。本家の婿がねに決まってから、次助は気を立てているのだ。

「兄さんは、本当は頼りになる人で」

京の紅椿紀屋で、次助は寺やお武家との付き合いを引き受け、武家相手の商いを広げてもいる。更に最近は、堂島で相場まで始め、派手さはないが、財を作っているらしい。

「その上道場で、やっとうまで学んでますのや。結構強うおます」

次の本家の主には、まず間違いなく次助がなるはずだと、昌三は話した。それが今日、初対面の人へ、突然茶を浴びせたのだから、昌三は驚いているのだ。

屏風のぞきが、首を傾げた。

「次助さんが、そこまでのお人なら、何でまだ店に残ってんだい？　婿養子の話は、なかったのかい？」

するとと昌三が、膝へ目を落とす。

「兄さん、好いた相手がおったんや」

だが、双方の親が縁組みを承知しなかった。次助はその件以来、縁談を受けないのだ。

「あらら」

「兄さんは己の力で、その内、分家をすると思っとった。そのために堂島で、稼いでるんやろうって」

だが今回の縁談は、本家の跡取りになる話だ。次助の力を、本家が認めたのだ。

「兄さん、今度こそ縁談を受ける気に、なったと思うた。江戸へ行けと言われて、直ぐに承知したみたいやし」

昌三は仲の良い兄に、幸せになって欲しいという。若だんなは、奉公人である己の立場を気にせず、そう話す昌三に、笑みを向けた。

その時だ。襖《ふすま》で仕切られた隣の部屋から、小さな音が聞こえてくる。屛風のぞきがいきなり襖を開けると、いつ来たのか、そこに背の高い姿が立っていた。

「あれ達蔵さん。こちらの棟に来てはったんですか。ここは長崎屋さんのお部屋やけど」

「いやその……昌三はんは兄思いやな。いえ、わては、若だんなさんに会いに来ましたんや」

訳は、そう、婿がねは誰がいいか、若だんなの考えを聞くと、大元締が言ったからだ。達蔵は正直にそう言った後、ただと続けた。

「若だんな、あの大元締が本心知りたいんは、若だんなの考えではないと思うわ」

そしてさっさと、部屋へ腰を下ろす。

「大元締が、ああいう言い方すれば、わてらは若だんなを気にするから」

その時、婿がね達がどう出るか、見る気だろうと言う。あの大元締は、見た目と違って手強い。

「一介の奉公人から、江戸椿紀屋の大元締になったんや。ただ者ではありまへん」

達蔵は若だんなの前に寄った。

「それで、わての用やけど。長崎屋の若だんさんに、頼みがあるんや」

自分は次代の椿紀屋になりたいし、その力がある。よってここで、己の力を大元締へ見せたいと言った。

「せやから頼みます。長崎屋さんの疫病の薬、〝香蘇散〟の配合、教えてえな」

椿紀屋の娘を救ったという、妙薬の作り方を手に入れれば、間違いなく本家は、達蔵を高く評する。自分が本家の立場であったら、達蔵を娘婿に迎えると思うのだ。

「その代わり、配合さえ教えてくれたら、長崎屋さんとは長《なご》う、付き合わせてもらいます。ええ、大元締が何と言おうと、約束します」

「おやおや」

　ここで若だんなは、思わず声を出した。達蔵の言葉に、返したのではない。人には見えない小鬼が、膝の上で首を傾げた後、膝から降りたことに気付いたからだ。

　鳴家はそのまま、向かいに座っている達蔵の、袖を目指し駆けていった。

（わっ、拙《まず》い。あの袖《そで》の中に、甘い物でもあるのかしら）

　顔が強ばったが、止める間もない。小鬼は、するりと袖に潜り込み、じき、黒光りのするものを抱えて出てきた。

「おや？」

　場久が短く声を上げると、小鬼は直《す》ぐに影内へ逃れ、姿を消す。だが若だんなの身に隠れつつ、屛風のぞきが影へ手を突っ込み、小鬼を摑み出した。

（ありゃま）

　若だんなは、後ろで屛風のぞきが、小鬼から取り上げたものを見て、苦笑を浮かべてしまった。そして前で黙っている達蔵へ、困ったような顔を向けることになった。

　それから、返事を決める。

「達蔵さん、〝香蘇散〟は、香附子《こうぶし》、陳皮、紫蘇葉《そようう》、生姜《しょうきょう》、甘草《かんぞう》を使った処方です」

「えっ、あの、若だんな、もう一度言うてえな。いや、ちと、待っておくれやす。書いておかんと、処方を間違えそうであかんわ」

急ぎ、矢立から筆を取り出す達蔵の前で、若だんなは座ったまま笑みを浮かべた。

「書いておかなくても、大丈夫だと思いますよ。大元締さんが、薬種屋椿紀屋のご本家は、〝香蘇散〟の処方、ご存じだとおっしゃってましたから」

疫病の薬は、毎日売るものではない。だから、扱っていない薬種屋も多いが、処方としては古く、中国から入って来たものだ。

「椿紀屋さんは疫病薬〝香蘇散〟を、とうに、店に置いておいでと聞いてます」

だから達蔵が薬種屋椿紀屋へ、〝香蘇散〟の処方を送っても、以前からの処方と変わらないことを、確かめるだけに終わる。処方を聞いた達蔵が、婿《むこ》がねに決まったつもりになると、後々揉めそうな気がしたから、若だんなは先に言っておくことにしたのだ。

すると達蔵は、思わぬ言葉を返してきた。

「ああ、長崎屋さんはやっぱり、自慢の〝香蘇散〟の処方、余所へ伝える気など、ないのでっしゃろな」

「はい？　今、お伝えしましたが」

「けどそれは、効かなんだ椿紀屋の処方と、同じやと言わはる」

それはないわと達蔵は苦笑を浮かべ、立ち上がった。そして、断られて残念だったと、若だんなへ言ってくる。

「まあ、どこの薬種屋でも、店の大事な処方、簡単に余所へ教えたり、しまへんわな」

「分かって頂けず、残念です」

若だんなは、達蔵と縁が結べなかったことに、余り後悔はない。ただ、達蔵が軽い挨拶と共に出て行こうとしたとき、声をかけた。

「達蔵さん、お帰りですか。でしたら長崎屋の飴薬、一ついかがですか」

喉に良いので、東の薬を一回、味わって欲しい。若だんなはそう言うと、印籠から飴を一つ取り出し、勧めた。

達蔵の顔色が、さっと変わった。

達蔵は、素早く袖を握ると、唇を引き結ぶ。そして無言のまま、飴を受け取ることなく、部屋から離れていったのだ。

今まで黙っていた昌三が、遠ざかる達蔵の背を見つつ、呆然《ぼうぜん》とした声で問うてくる。

「あ、あの。今、何があったのやろう。なんで達蔵さんが急に、顔色変えはったん？」

若だんなは妖達と顔を見合わせた後、少し笑ってから、長崎屋の紋が入った己の印籠を見せた。

「この印籠には、日頃私が使っている薬を入れてあります。少し前に、風野へ渡す飴を、ここから取り出しました。達蔵さんはその時印籠に、気が付かれたんでしょう」

達蔵が、若だんな達のいる棟へ来たのは、多分〃香蘇散〃の処方を、知りたかったからではない。若だんなが日頃、どんな薬を持っているか、印籠の中身に興味があったのではないかと思う。

「で、先ほど、隣の部屋に置いてあった私の印籠を、達蔵さんはちょいと、袖内へ入れたんでしょう」

中には、長崎屋の薬が詰まっている。薬種に詳しい者ならば、どんな生薬で作った薬か、おおよそは分かるだろうと、若だんなは口にした。

そして、急に襖が開き、隣の間にいるところを見つかったので、急ぎ〃香蘇散〃の処方について話したのだ。

「ですが、印籠を持って行かれては困ります。ここには私にとって、必要な薬が入ってますので」

若だんなは、後ろで動く者に気が付いたので、印籠を返してもらったのだ。それを聞いた昌三は、目を丸くしている。

「達蔵さん、えらいことして。若だんさんは、いつの間にどうやって、印籠を取り戻したんやろ」

だが問われても、まさか、小鬼が袖内から印籠を摑み出したとは言えない。若だんなは返答の代わりに、昌三へ問いを向けた。

「一つ聞いてもいいですか？」

「えっ？　へえ」

「〝香蘇散〟は昔からある薬です。長崎屋の品と、薬種屋椿紀屋さんの薬と、処方は似ていただろうと思います」

ならば長崎屋の疫病薬が、椿紀屋のものより効いた訳は、何なのか。

「分かりますか？」

問われた昌三は、口を閉じてしまった。印籠の不思議は、見事に頭から吹っ飛んでしまったのだ。

（やれ、良かった。小鬼は、屏風のぞきがなめた、喉《のど》の飴が欲しかったんだろうな）

若だんなは昌三へ、答えを思いついたら教えてくれと伝え、達蔵の件を終りとした。

4

若だんなと妖達は別宅で暮らしつつ、椿紀屋本家の婿がねには誰が相応しいか、更に、西の若だんなを見定めていく。するとじき、今度は幸四郎が一騒ぎ起こした。

ただし京の分家、薬種椿紀屋の息子幸四郎は、達蔵のように若だんなの部屋で、身勝手をしたのではない。いや反対に、若だんなへ泣きついてきたのだ。

「長崎屋の若だんなさん、どうぞ話を聞いておくれやす。わては四男やから、京で大人しく、父親の店を手伝《てつど》うとったんや」

幸四郎は算盤《そろばん》が達者なので、京の店で金櫃《かねびつ》を任されていたという。だがしかし。一旦《いったん》言葉を切ってから、幸四郎は溜息《ためいき》をついた。

「わては、人付き合いが下手でして。それは親も兄も店の者も、よう分かってます」

親の店だから周りにいる皆は、小さな頃からの馴染みばかりだ。幸四郎の足りぬ点に、周りは馴れており、上手くいっていた。

「ところがや。先だってご本家が突如、わてをいとはんの、婿がねにすると言い出して」

京にある薬種椿紀屋は、元々大坂の店の分家だ。そして次男は既に養子に行き、三男は二年前に亡《な》くなった。今店には、跡取りの長男と幸四郎が残っていた。

「元はと言えば、わてが知り合いのお武家さんに口きいて、疫病の薬を分けてもろうたから。そやからご本家は、この幸四郎を婿がねに、選んでくれはったんやろけど」

だがだが。本家の主《あるじ》という座は、幸四郎には重すぎる。一門が集まる席で、上座に座ると思うだけでも、目眩《めまい》がしてくるというのだ。

「本家の婿は、わてには無理や。長崎屋の若だんさん、大元締へ、うまいことその考え、伝えてもらえまへんやろか」

眉尻《まゆじり》の下がった顔で言われ、若だんなは妖二人と、顔を見合わせた。すると、妖達は気の弱い男へ、遠慮の無い言葉を向ける。

「あのさぁ、幸四郎さん。お前さんは昔っから人付き合いが下手だと、皆が承知してたんだよな？　なら京の薬種椿紀屋は、何で長男の兄御を、婿がねに推さなかったんだ？」

本家は大坂でも高名な薬種屋だから、金持ちに違いない。長男が本家を継ぎ、幸四郎は馴れた分家の京の店を守ればいいのだ。

「店に居る奉公人達は、今まで通り、幸四郎さんを助けてくれるだろ。それで解決だ」

　ところが幸四郎は、首を横に振った。

「親は、それも考えたようやけど。ご本家が、承知せえへんかった」

　京の薬種椿紀屋の長男は、病がちなのだ。

「早《はよ》う亡くなった、母に似た。亡くなった三男の兄者も、体が弱《よ》おうて」

　本家は、長男が一時、寺へ入りたいと言っていたことを承知しており、本家の婿には向かないと、きっぱり言ったらしい。

「せやから場久はん、兄に、この別宅へ来てもらう訳には、いかなんだんですわ」

　ここで場久が、慌てて言ってくる。

「若だんな、寺へ入るなんて、言わないで下さいね。長崎屋には、他の跡取りなんて居ないんですから」

「あのぉ、それで、わての頼み、聞いてもらえるのやろか」

　若だんなが、幸四郎の前に座り直した。

「幸四郎さん、本気ですよね？　なら婿がねを降りると大元締へ伝える前に、やらねばならないことがあります。まず、京の親の許しを取っておかないと」

　今回の話は本家から、京の薬種椿紀屋へ来た縁談、家から家へ申し込まれたものなのだ。なのに幸四郎が勝手にその話を断わると、後で間違いなく揉めると、若だんなは言い切った。

横で場久が、大いに頷《うなず》く。

「若だんな、兄やさん方がいないと、ぴしりと判断出来ますねぇ。大人びて見えますよ」

長崎屋では、若だんなが何かする前に、兄や達が片付けてしまう。だから、こんな若だんなを見るのは久方ぶりだと、妖達が笑っている。若だんなは少し頬を膨らまし、自分とて、きちんと働けると言ってから、また幸四郎を見つめた。

「京へ帰りたいのですよね？　幸四郎さん、お父上への文、出しますか？」

幸四郎が頷くと、屛風のぞきがさっと文机《ふづくえ》を出し、場久が硯《すずり》を用意する。若だんなが紙を広げたところで、筆を手にした幸四郎が笑い出した。

「幸四郎さん？　どうなさいました？」

「いや、何というか、その。長崎屋さん方は、一緒におって気が楽やわ」

これが余所だと、大事がこうも、あっさり進んだりしない。途中で色々口を挟まれ、余所事を問われる。やるべき事に気を向けていた幸四郎は、返事に詰まってしまうのだ。

「けど皆さんは、話しやすいこと。わてが江戸におったら、この後も会えたんにな。長崎屋の若だんさん、京に帰った後も、いつかご縁があったらと思いますわ」

「同じ薬種屋同士。縁は繋げますよ、きっと」

すると屏風のぞきが、首を傾《かし》げる。

「若だんな、どうしたんだ？　幸四郎さんに会いたいなら、西へ行く長崎屋の船へ、乗ればいいだけじゃないか。何でそんなに、今生の別れみたいに話してるんだい？」

薬種屋の息子二人は、そうは簡単に会えないと言い笑った。子供や隠居でなければ、皆、働いている。暇ではないのだ。若だんなとて調子の良いときは、ちゃんと店へ出ていた。

「へえ、そうだったっけ？」

その時だ。濡れ縁から、聞き慣れた声が流れてきた。

「あら若だんな、寝付いてなかったんですね。やっと手紙を書くところだったんですか？」

長崎屋の皆が顔を向けると、猫又のおしろが、柔らかい笑みを見せてくる。おしろは幸四郎へ優しく挨拶をした後、若だんなの顔を覗《のぞ》き込んできた。

「若だんな、兄やさん達が心配してます。若だんなが別宅へ向かってから何通も、文を出してるのに、返事がないって」

　だから佐助にせっつかれ、今日は、おしろが直に受け渡しする気で、文を持ってきたのだ。おや、長崎屋へ文を出していなかったのかと、幸四郎が聞くので、若だんなは皆の前で首を傾げた。

「私は仁吉へも佐助へも、文を書いてるよ」

　場久と屛風のぞきが頷いた。

「若だんなは、毎日文を書いてます。そうでないと、兄やさん達はじき、別宅まで来てしまうからって」

　おしろはここで眉根を寄せた。

「でも、長崎屋へも大坂へも、文は届いてませんよ。若だんな、どこの飛脚に頼んだんですか？」

「別宅の主、大元締さんに渡して、送って欲しいとお願いした。送り賃は後でまとめて、払いますと言って」

　頷いたおしろが、直《す》ぐに部屋から姿を消した。猫又の姿になって、大元締のいる母《おも》屋《や》へ、文を捜しに行くのだろうと察して、若だんなは顔を強ばらせる。だが。

（幸四郎さんの前で、おしろをどうやって止めたらいいのか）

その言葉を探せない内に、猫又は、驚く程早く戻って来た。

「若だんな、母屋に、文が山とあった部屋を見つけたんで、全部持ってきました」

幸四郎が目を丸くしたが、こうなったら仕方がない。腹を決めた若だんなが、宛名《あてな》を確かめると、文には若だんなが送ったものと、兄や達から届いたもの、それに、他の若だんな達宛てのものまでが混じっていた。

「おや、幸四郎さんに来たものもある」

「大元締さんは、文のやり取りを止めてたんですね。何ででしょう」

驚く場久達へ、若だんなが告げる。

「婿がね選びを、邪魔されたくなかったんだと思う。余所から文で、あれこれ言う人が、出て来るからね」

若だんなが溜息をつきつつ、兄や達へ渡して欲しいと、文をまとめておしろへ託す。

その後、仁吉や佐助が何を言ってきたか、屛風のぞき達と文を確かめにかかった。

すると途中で突然、手にしていた文を、取り落とす。大声を、耳の側で聞いたからだ。

「何でやっ。何で大元締はこの文を、わてに渡してくれなんだのやっ」

驚いて目を向けると、幸四郎は顔を真っ赤にしている。急ぎ、どうしたのかと問うたところ、京の親が、幸四郎の兄の、病を知らせてきていたらしい。

「心配ないと、書いてはおますが」

だが本当に軽い病なら、わざわざ婿がね選びの別宅へ、京から文を寄越しはすまい。三男の兄が亡くなった時、本当にあっという間であったと、幸四郎は唇を嚙《か》みしめている。

そして。

そして。

先ほどまで、若だんなへ泣きついていたというのに、幸四郎の決断は、驚く程早かった。さっと文から顔を上げると、若だんなへ頭を下げてきたのだ。

「長崎屋の若だんなさん。つい今しがた、大元締さんへの取りなしを、お願いしましたけど」

だが京からの文を読み、事情が変わった。

「お頼みした件、止《や》めにしたいんやけど」

自分で大元締へ、話さねばならないことが、出来たと言う。若だんなが頷くと、驚いたことにその大元締が程なく、若だんな達のいる部屋へ、顔を見せに来た。

（おや、ちょうど良い。だけど幸四郎さん、どう話すか、考えはまとまっているか

な)

　ところが大元締が目の前に座ったのは、若だんなの方であった。

「長崎屋の若だんさん、わての部屋から、文を持っていきはったんか?」

　若だんなもどう言葉を返すか、早々に、腹を決めることになる。

「それは……はい、文を頂きました。私に来た文でしたんで」

　ちょうど長崎屋から、新たな文を言付かったおしろが、この別宅に来たのだ。

「で、おしろさんはこの部屋へ来る途中、文の山を見かけたとか。ついでにと、全部を持ってきてしまったんですよ」

　構いませんよねと正面から言われて、大元締は一寸、返事に詰まった。するとその大元締へ、幸四郎が思わぬ言葉を向ける。

「大元締さん、京の薬種椿紀屋から、わて宛ての文を読みました。兄がまた、身を損ねたと書いてあった」

　幸四郎は、ここで大元締の顔を見て、はっきりと告げた。

「わては、京へ帰ろうと思うてます。親が、わざわざ文を寄越したんは、きっと兄の病で、頭を抱えとるからや」

　今は、他家への婿入りを考える時ではない。

「京の、薬種椿紀屋を支えます」

「この別宅から帰るということは、本家の跡取りの座を、捨てることになりまっせ」

「端《はな》からわてには、荷の重い座やさかい」

一旦決めると、幸四郎の動きは速かった。その日の内に、江戸椿紀屋の別宅を出ると言い出したのだ。早くに戻りたいから、江戸湊《みなと》から船に乗りたいと言ったが、大元締は、ちょっと落ち着けと言い、動いてくれない。

だが若だんなは、迷わず手を貸した。湊から西へ向かう船に乗れるよう、長崎屋として、一筆書いた書きつけを、幸四郎へ渡したのだ。すると驚いたことに昌三までが、自分が船頭となり、舟で隅田川を下ると言い出した。

「幸四郎さん、乗っておくれやす」

昌三は幸四郎へ言った後、大元締へ、構わないかと問う。大元締は溜息を漏らした。

「皆でさっさと京行きの段取り、整えてしまうんやもの。今更あかんとは言えへんわ」

それから大元締は、京の薬種椿紀屋へ、自分が帰宅を許した旨《むね》、文を書いてくれると話してきた。

「幸四郎さん、これで親と文のやり取りをする間が、省けますわ」

本家へも、己から上手《うま》く伝えておくと言うと、幸四郎は畳に両の手を突き、深く頭を下げた。そして、皆へ何度も礼を口にしてから、その日、まだ日が高い内に、西へ去って行ったのだ。

「きゅい、もういない」

「あれ、幸四郎さん、あっという間に消えてしもうたなぁ」

気が付けば、慌ただしい一時《いっとき》が過ぎ、大元締は若だんなの部屋で茶を飲み、ぼやくことになった。居なくなって分かったが、幸四郎は思っていたより、良き婿がねのようであったと口にする。

「判断も決断も、早うおました。算盤も強いと聞いてますし、惜しいお人でしたな」

だが、兄御の調子が悪いようなので、親はもう、頼りの四男を外へは出さないだろう。大元締が腹を決めるのも、早かった。

「しょうがおまへん。若だんな、婿がねから幸四郎さんを外して、お考え、聞かせてくださいな」

若だんなが頷く。そして大元締が隠し、若だんな達が勝手に取り戻した文のことは、その後、どちらも語りはしなかった。

5

江戸椿紀屋別宅にいる若だんなが、まだ直《じか》に話をしていない婿がねは、次助一人となった。

それで翌日、まずは次助の弟、昌三と話し、次助のことを聞くことになった。昌三とは少しずつ、馴染《なじ》みになっていたからだ。

昌三によると次助は〝出来る男〟であり、素晴らしい婿がねだと言う。そして、そんな男に未だ嫁が居ないのは、以前話した通り、好き合った相手との縁談を、失ったためなのだ。

すると妖達が、またまた遠慮の無いところを見せ、若だんなが、聞きたくても聞けずにいたことを、昌三へ問い始めた。

「あのさ、兄の次助さんは頼りになる男なんだろ？　家だって裕福な店だ。何で縁談がまとまらなかったんだい？」

「それは……相手がお武家、御家人だったので。しかも好いた相手のおきく様は、一人娘でした」

町方から武家へ入るのが娘ならば、器量好みで貰《もら》ったと言うことも出来る。だが、町人の婿を、わざわざ武家の養子にし、家へ入れたとなると、金目当てとの噂《うわさ》が立ちかねなかった。

「借金の形に、家を渡してまうお武家も、今はおいでです。あちらの家にも、借金があったのでしょう」

あらぬ噂を立てられては、先祖に申し訳ないと、相手の武家は嫌がった。一方、京にある紅椿紀屋の主も、縁談を歓迎しなかった。武家への持参金や、後々武家から、金を無心されることを心配したらしい。

双方の親から否《いな》と言われ、次助とおきくの思いは、実らなかったのだ。

「やれ、人ってのは面倒くさいですねえ」

「人ってのは？　場久さん、どういう意味ですか」

昌三が問うて来たが、屏風のぞきと場久は、そらとぼけている。若だんなは、急ぎ場の話を変え、とにかく婿がねを決める為《ため》、これから、次助と話してみたいと昌三へ言った。

「ここで、兄さんが過ごしているのは、西の、塀沿いの棟ですわ」

若だんなが昌三と庭へ降りると、他の棟へ行くまでに倒れるかもしれないと言い、屏風のぞきと場久も付いてくる。そして、帰らずにいた、おしろも庭を同道した。

「まだ寝込んでないなんて、若だんな、今回はご立派でした。これから寝込んでも、よく頑張ったって、兄やさん達に褒めてもらえますよ」

「おしろ、寝込むなんて言葉、言わないでおくれよ」

妖達が笑って、若だんなへ顔を向けてくる。

だが若だんなは、話を続けることが出来なかった。横で、えっと短い声を出した昌三が、躑躅《つつじ》の脇《わき》を駆けだしたからだ。

「昌三さん、どうなさいました？　あれ？」

目を向けると魂消《たまげ》たことに、大きな風呂敷《ふろしき》包みを背負った誰かが、別宅の塀を乗り越えようとしていた。そして昌三はその背へ、必死になって飛びついて行ったのだ。

「兄さん、何で昼間っから、塀に登ってはるんや。こそ泥のようやで」

「昌三、あかん。離してや」

逃げる兄と、それを引き下ろそうとする弟が、塀で揉めている。すると、若だんなが気が付いた時、妖達も大喜びで、その騒ぎに突入していた。

「よく分からねえけど、楽しいっ。こいつ、泥棒か？　捕まえるぞっ」

「屏風のぞきさん、この人、婿がねの一人ですよっ」

「あら、場久さん、ならあたし達、何でこのお人を、庭に押さえつけてるんでしょう」

妖達が勇んで、次助を地面に転がしてしまったので、若だんなが急ぎ駆け寄ろうとする。訳も分からないまま、椿紀屋の若だんなの一人へ、妖が無体なことをしたのだ。ところが。一歩駆けだしたところで、若だんなは己の身が、揺らぐのを感じた。

「あ、れ？」

首を傾げると、そのまま体が傾いて、地面に転がってしまう。途端、魂消た妖達が、次助を放り出し、一斉に駆け寄ってきた。

気が付くと別宅の部屋で、若だんなは寝かされていた。妖達がいつものように看病をし、蒲団《ふとん》の脇に、京、紅椿紀屋の兄弟が座っている。部屋の隅に目を向けると、先ほど次助が背負っていた荷の塊が、置かれていた。

「あ、私ったらまた、具合が悪くなったのか」

舟で別宅に来た以外、話すことしかしていないのに、それでも寝付くのか。いい加減、己が嫌になって、若だんなは蒲団の中で溜息を漏らした。

だが、寝付くのには馴れている。若だんなは、まだ考えることが出来るのに感謝をしつつ、寸の間目を閉じ、思いをまとめた。それから蒲団の横で、あらぬ方を向いている次助へ、声を向けた。

その時、表から小さな音が聞こえたので、一瞬目を向けたが、構わず話し出した。

「あの、次助さん、今、おきく様の所へ、行こうとなすっていたのですか？」

「えっ？」

昌三が魂消た顔を兄へ向けると、次助は顔つきを恐ろしくした。

「昌三、おまはんは兄のこと、余所へ話したんかいなっ」

若だんなは、話を止めなかった。

「本気で、おきく様と添いたいのでしたら、この別宅から逃げるのは、拙いやり方です」

武家は体面を重んじる。一人娘を町人と、駆け落ち同然で添わせる親は、いないのだ。

その言葉を聞いた次助は、両の手を握りしめた。

「分かってます。けど。もう時がないんや」

次助は語りだし、じき、止まらなくなっていった。つまり、かなり追い詰められていると分かった。

「若だんさん、弟から、わての縁談の事まで聞いたんやろ？　なら、続きも聞いておくんなはれ」

次助は、自分もおきくも、まだお互いを諦《あきら》めていないと言った。おきくは娘だから、いずれにせよ家の次の主は、養子に来た男がなる。だから、やりようはあると、次助は思っていたのだ。

「要は、金の問題や」

まずは、親の紅椿紀屋に金の心配をさせず、次助が己で、分家を構えること。それからおきくの家に、あちらの親が納得するだけの結納金を、渡すことだ。

「おきくの親御には、借金が少々……大分、あると言いますよって」

借金が消えると持ちかければ、親はおきくを嫁に出し、身内から養子を迎えてくれるはずと、次助は考えていた。

「そやからわては、紅と関係のない、堂島の米相場にも手を出した。一人で大金を作るんや。あそこしか考えられへんかった」

ただ、堂島の米相場は手強く、直ぐに金は増えなかったと言うと、屛風のぞきが妙なことを言って頷く。

「まあ、金次じゃないからねえ」

しかし次助には本物の、商人としての才があったのだろう。じわじわと儲《もう》けていき、既に、おきくの親へ渡す金は、貯《た》まったという。

そして分家をする金の目処《めど》も、そろそろついてきた。これなら先々の心配はないと、椿紀屋の親も態度を緩め、おきくとの縁談は進みかけていたのだ。

「それは……ごほっ、凄《すご》いですね」

「ところが、や。堂島通いで、変に目立ってしもた。大坂のご本家から、兄さんではのうて、わてを、いとはんの婿がねにと、話が来てしもうて」

息子が大坂本家の、主になれるかもしれない。その話が次助の父、紅椿紀屋には、余程嬉《うれ》しかったらしい。

「おきくとの縁談、認められん。本家の婿になれと言われて」

ここで次助が、着物の膝《ひざ》を握りしめ、黙った。先を続けるのを躊躇《ためら》ったと見て、若だんなが代わりに語る。

「こほっ、次助さん。婿がね選びで江戸へ来る前に、腹を固めましたね？」

江戸行きを承知したのは、椿紀屋から逃げようと、思い定めたからではないか。地元の京、大坂では、おきくと暮らせない。しかし婿がね選びに加われば、次助は妙に思われず、椿紀屋を離れる事が出来るのだ。蒲団の内から言われ、次助がびくりと身を震わせた。

「なるほど。おきくさんと一緒になるなら、余所者が目立ちにくい江戸で暮らすのが、いいってことですか」

　場久が言い、おしろが勝手に続けた。

「今日、この別宅を出て、あとは、おきくさんを江戸に、呼び寄せるだけ。その手はずだったんですね」

　おしろの言葉を聞き、次助は渋々頷いている。昌三が畳へ目を落とし、次助を止めたらいけなかったのかと、顔を顰《しか》めたので、若だんなが寝床で苦笑を浮かべた。

「いいえ、止めるべきでした。こんっ、昌三さん、どうしてだと思いますか」

「えっ？」

　若だんなから問いを向けられたのは、これで二回目で、昌三は寝床を見つつ腕を組む。屏風のぞきと場久が、分かったと言い、思いつきを話そうとしたが、昌三は手を横へ真っ直ぐに伸ばし、二人を止めた。

「前の問いも、まだ答えてないんや。今回はわてが、返事をせんとあかん」

　そして十ほど数える間に、昌三は口を開いた。多分それ以上待っていると、屏風のぞき達が、勝手に話を始めかねないからだろう。

次助を見てから、昌三が話しだした時、若だんなの耳に、外からまた小さな音が聞こえた。

「兄さんは、ご本家から婿がねにと請《こ》われるほど、商いが得意で、好きや。せやから江戸で暮らしても、いずれ商いを始めますわな」

そして次助なら、きっと上手くやる。店を持ち、大きくし、名を知られるようになるだろう。けれどだ。

「江戸には椿紀屋の分店、両替商の、江戸椿紀屋があるから。大元締さんが、おいでや」

店を大きくしたら、いずれ次助がどこにいるか、大元締が知る。つまり次助は、椿紀屋の者に見つかってしまう。江戸で逃げ続けるなら、次助は長きに渡って、商いを大きく出来ないのだ。

「きっと息が詰まるやろな、兄さんは」

だから若だんなは今、次助を止めるべきだと言ったのだろう。昌三がそう話をくくると、若だんなが寝床の内で、にこりと笑い頷いた。そして。

「なら、これから次助さんは、どうしたらいいか。昌三さん、思いついてますか？」

仁吉ならば次に、きっとこう問うて来ると思い、若だんなは言葉を重ねた。最近兄や達は、若だんなが一つ答えると、その先を、問うて来ることが多いのだ。

「それは……」

昌三が、言葉を濁らせる。

「思うことが、無いわけやおまへん。けど、ここから先は、わてが手を貸すのは無理や」

そして思いつきを、人にやれと命じる力も、今の昌三には無いという。

するとこの時部屋の外から、残念そうに言う声が聞こえてきた。

「なんやぁ、昌三どん、最後の返事、つまらんわぁ。ここは、わてがはっと驚くような返事、してくれなあかんわ」

昌三と次助の顔が強ばり、言葉が切れた。若だんなが障子戸へ目を向けると、戸が開いて、大元締が顔を見せてくる。そして、大仰なほど優しく言ってきた。

「若だんさん、具合が悪うなったんやて？　うちの店のもんが、庭の騒ぎを見ててな」

医者を呼ぶかと、大元締は聞いてくる。つまり先ほど、次助が塀を越えようとした騒ぎも、しっかり知られていたのだ。

「こんっ、いや、薬を持ってきましたから、大丈夫です。ご心配なく」

大元締は、若だんなの返事に頷くと、ではと言って、京の紅椿紀屋の兄弟へ目を向ける。そして、こちらも優しく問うたのだ。

「で？　次助さん、昌三どん、これから、どないしはりますんや？」

次助は、本家の考えに従うように見せて、実は裏切っていたのだ。

丸い狸《たぬき》顔の大元締が、化け狸に見えるからか、兄弟の顔が更に強ばり、返事を出来ずにいる。その顔へ目をやってから、屛風のぞきがひょいと、寝床の若だんなを見つめてきた。

「なぁ、若だんな。さっきから、随分落ち着いてるけど。何か、考えがあるんじゃないか？」

若だんなは妖へ目を向けると、紙と矢立を取ってくれと言ってから、寝床で身を起こした。そして思いついていたことを、短くしたためると、人の悪そうな狸……ではなく、大元締へ差し出す。

そして書き付けは、婿がねを誰にするか書き示した、若だんなの返事だと言った。

その返事を、大元締やご本家が、喜ぶかは分からない。だが。

「大元締さんは、私の返事で婿がねを決める事は、ないと言われてました。だから、考えた通り、書かせて頂きました。そしてこれで、次助さんの悩みも、なんとかなる筈《はず》だと思います」

次助には、一つ貸しだと続けた。

「この先、ご縁が出来ましたら、よろしく」

「ほお、そう言いますか」

若だんなが寄越した書き付けを、大元締が見つめた。それを後ろから、妖達と紅椿紀屋の兄弟が、覗き込む。

じき、皆がお互いの顔を、見た。

そして一斉に、話を始めた。

6

その後、おしろは、寝付いた若だんなを看病し続けたので、文は大元締から、長崎屋へ届けてもらった。

するとその次の日、兄やの佐助が、江戸椿紀屋の別宅へ駆けつけてきた。

「若だんな、寝付いたんですか？　まだ生きておいでですかっ。息、してますかっ」

若だんなが寝ている部屋へ飛び込んで来ると、ごつい腕でかき抱き、思い切り心配してきたものだから、若だんなが息を詰まらせる。

「佐助さん、若だんなが潰《つぶ》されてるよ」

屏風のぞきが呆《あき》れて、その内、本当に息をしなくなると言ったものだから、佐助が狼狽《うろた》え、急ぎ離した。妖達が若だんなを蒲団に埋めると、佐助は妖達を睨《にら》む。

「屏風のぞき、お前さん達を側に付けたのに、若だんなが寝込むとは、どういうことだ」

だが佐助の不機嫌を知っても、今回の妖達は、強く言い返した。

「佐助さん、若だんなを長く病から遠ざける力は、おれにゃないよ。神仏じゃなきゃ、そいつは無理だ」

正面から言われ、佐助が黙り込む。若だんなは苦笑いを浮かべると、何とか半身を起こし、熱は高くないし、ちゃんと食べられていると兄やへ言った。

「別宅へ来て、この棟でゆっくりしてただけなんだもの。寝込む方が不思議なんだ」

すると佐助は、考え事をしてたからでしょうと、渋い顔を向けてくる。

「佐助、考える事まで止めたくないよ」

いつもの心配から気を逸《そ》らすために、若だんなはここで佐助へ、大坂椿紀屋の婿がねが決まったことを告げた。

「おや、確かお三方、この江戸椿紀屋へ集まっていたんですよね？」

長崎屋への文に書いていたので、佐助は三人の名を口にする。

「大坂の分家で、両替椿紀屋次男、達蔵さん。京の、紅椿紀屋次男、次助さん。京の、薬種椿紀屋四男、幸四郎さん」

妖三人が頷き、若だんながにこりと笑った。

「若だんな、どなたを選んだのですか？」

「薬種椿紀屋の幸四郎さんは、一足早く、店へ帰った。そして次助さんには、既に思う人がいた。もう一人の達蔵さんは、私の薬が入った印籠《いんろう》を、勝手に持ち出そうとしたし」

「そいつはろくでなしだ。若だんな、その達蔵だけは駄目ですよ」

途端、佐助が怖い顔になる。若だんなは急ぎ、決めた名を告げようとして、ふと、笑みを浮かべた。名を告げられた当人は、魂消ていたのだ。

「私が大元締へ、次の本家の跡取りに勧めたのは、昌三さんなんだ」

「はて？　婿《むこ》がねの中に、名がありませんが」

「佐助、昌三さんは紅椿紀屋の、次助さんの弟だ。ここで、奉公しているお人だよ」

若だんなは、先に挙げた訳などから、婿がねとして名が挙がっていた三人を、推すならば。

考えにはなれなかった。だが椿紀屋本家は今、次に店を託す者を捜している。

「一門を束ねられる者が、身内から出ればいいだけの話だもの」

今回、京の薬種椿紀屋四男、幸四郎が婿がねになっていた。つまり力さえあれば、次男の次助ではなく、弟の昌三であっても構わないと、若だんなは判じたのだ。

「だから、書き付けに昌三さんの名を書いて、大元締へ渡したんだ。大元締、最初は驚いてたよ」

そして昌三にはいずれ、江戸椿紀屋を任せるつもりであったと、言ったのだ。

すると大元締は、自分の言った言葉の意味を、考えることになった。そしてその後、腹を決めるのも早かった。

「大坂のご本家へは、昌三さんの名を、送ることにした。大元締はそう言ったんだ」

大元締の推す椿紀屋の婿がねは、決まったのだ。ここで屏風のぞきが、何故《なぜ》だか偉そうに言う。

「もし本当に、弟が本家を継ぐことになったら、京の親御は、次助さんとおきくさんを、添わせてくれるだろうな。うん、おれ達のおかげだ」

おしろが皆へ茶を淹《い》れながら、言葉を続ける。

「親が許すなら、次助さんが、わざわざ江戸へ来ることはなさそうですね。あら、おきくさんが奇麗か、見てみたかったのに残念」

するとここで、表から声がした。若だんなが目を向けると、大元締が昌三と番頭を連れ、濡《ぬ》れ縁をやってくる。大元締は部屋に入って座ると、廻船問屋長崎屋を、実質切り回している佐助へ、挨拶《あいさつ》をしにきたと、柔らかく言った。

「うちは両替屋やから、廻船問屋長崎屋さんの手代さんに、一度会っておきたかったんや。よろしゅうに」

「このたびは、うちの若だんなが、お世話になりました」

また、大坂へ赴いた仁吉も、椿紀屋に、大層世話になったと言い、佐助は大元締へきちんと頭を下げる。

「大元締さんは、婿がねを決めるにあたって、ご自分の判断は、ご本家が参考にする程度だと、言っておられたように伺ってます。ですが」

大坂にいる仁吉によると、本家の当主は、大元締の考えを、大切にするつもりのようだという。つまり江戸からの文が、次の椿紀屋当主を決めるのだ。

「おや、ご本家が、そないに言われてましたんか」

大元締へ、笑って頷く佐助の姿は、妖というものから遠い。若だんなが思ってもいなかった程の、きちんとした商人であった。

(そういえば私は、店の外で佐助が働いているところを、見たことがなかったね)

若だんなはここで、蒲団の隅に、きちんと正座をした。そして今回、別宅へ来たことで、色々なことを目に出来たと、大元締へ頭を下げた。

「出来ましたら、これからも長崎屋とのおつきあい、よろしくお願いします」

すると大元締の顔が、狸親父《おやじ》から、ふかふかした狸に近くなる。

「江戸の大店の若だんなさんは、腰が低いこと。ええ、この後、江戸椿紀屋とも、昌三さんとも、良いおつきあい、お願いしますわ」

すると後ろに控えて、皆の話を聞いていた昌三も、いささか顔を強《こわ》ばらせつつ、部屋内に居た皆へ頭を下げる。大きな一門の跡目が肩にのし掛かってきそうな今、少しばかり緊張しているように見えた。

そして。

ここで昌三は若だんなへ、以前問われた、問いの答えを告げてきた。

「〝香蘇散〟は昔からある薬で、薬種屋椿紀屋の薬と、処方は似ていた。なのになぜ、長崎屋の薬だけが効いたのか。あの問いです」

椿紀屋の疫病薬が、長崎屋の〝香蘇散〟ほど効かなかった訳は、何か。

昌三が、口を開いた。

「同じ品名を持つ薬草でも、一つ一つの濃さが違う。長崎屋の薬は、元の薬草の効き目が違った。それが答えなのではないでしょうか」

若だんなは笑って頷くと、昌三へ、良き明日が来るよう願っていると言った。そしてその後、少し眉尻を下げる。

「昌三さんは、江戸椿紀屋に、ずっとおられると思ってました。だから江戸で、新しい友を得られたかなと、嬉しかった」

しかし、本当に婿へ行くとなれば、昌三はこの後、大坂で生きて行くことになる。もちろん、文は出せるが……江戸と大坂に別れるのだ。共に遊んだり、商いの事を話したりする機会は、少なかろう。

幸四郎も昌三も去ることになり、若だんなは少し、寂しさを感じているのだ。すると、大元締が笑った。

「また江戸へ来ることも、おますやろ。若だんな、その時会えるのを、楽しみにしなはれ」

大元締は頷くと、やっと書けたと言って、大坂椿紀屋本家宛《あ》ての文を、懐《ふところ》から取り出した。そして、それを出すように言うと、番頭が早々に部屋から遠ざかる。

大坂へつづく昌三の明日が、その文と共に、始まるのが分かった。

「ああ、人生を変える文ですね」

大元締が笑い声を上げると、そこへ次助も姿を現し、若だんなへ礼を言ってきた。佐助へ次助を引き合わせ、妖達がおきくのことを問い、座は、明るい声に満ちてゆく。

明日が、開けようとしていた。

帰宅

1

九州へ湯治《とうじ》に出ていた両親から、江戸の若だんなの元へ、そろそろ帰宅するという文が届いた。

よって若だんなは、廻船問屋《かいせんどんや》や薬種《やくしゅ》問屋の大福帳《だいふくちょう》を見て、この一年の収支を確かめることにした。主《あるじ》、藤兵衛《とうべえ》が店を離れてからも、長崎屋《ながさきや》がちゃんと儲《もう》かっているか、はっきりさせたかったのだ。

普段は余所《よそ》にある蔵や、湊《みなと》に居ることの多い、廻船問屋長崎屋の大番頭吉高《よしたか》も、長崎屋の奥の間に来た。薬種問屋長崎屋の大番頭忠七《ちゅうしち》、仁吉《にきち》と佐助《さすけ》の兄《にい》や二人も揃《そろ》い、皆で算盤《そろばん》を弾《はじ》いた。

すると珍しくも、少し帳面と金が合わなかったが、妖《あやかし》と縁の深い長崎屋には、銭で遊びかねない妖、小鬼達がいる。若だんなは気にせず、にこりと笑った。

「廻船問屋はほぼ、例年通りの利を出してるみたいだ。ああ、良かった」

頷《うなず》いた吉高が、紙に書き出した利を、部屋内の皆へ見せる。そして吉高は上方《かみがた》の薬種屋、椿紀屋《つばきや》との商いが始まるので、その薬種の荷は、廻船問屋が引き受けると話を加えた。

「長崎屋の荷の量は、増えていきましょう。もし金に余裕が出来ましたら、その内もう一隻《いっせき》、船を持ちたいところです」

佐助も頷き、若だんなも承知する。

「おとっつぁんが帰ってきたら、考えて欲しいって、伝えてみよう」

一方、薬種問屋の方は、仁吉が利を示した。やはりわずかに額が合わないと言うと、天井がきゅい、きゅわと軋《きし》む。

「店は、薬袋や紅餅《べにもち》の騒ぎで、損を出しました。ですが疫病《えやみ》の薬が売れたのと、禰々《ねね》子《こ》殿の店との商いが、その損をかなり補ってます。両店の売り上げとしては、去年に、少し及ばないくらいでしょうか」

しかし椿紀屋との商売が始まれば、売り上げは伸びていく筈《はず》と、仁吉は言う。若だんなは、書き付けへ目を落とす。

「ああ、これならおとっつぁんに帳面を見せても、大丈夫だよね」

二親が帰ってきたら、無事の祝いをするつもりだが、その時奉公人達にも祝いの膳《ぜん》を出そうと、若だんなは口にする。お菜が増え、酒や甘味も出るから、奉公人達が喜ぶと、大番頭の忠七が笑った。

「長崎屋は奉公人の食事が良く、嬉《うれ》しいことです。おかげさまで病人も少ないですし、皆、張り切って働いております」

二親が若だんなへ、山と菓子などを買うものだから、食べきれない若だんなは、妖達に渡したり、奉公人へ回している。よって店では普段から、時々膳に甘味まで出るのだ。

大番頭二人だけでなく兄や達も、笑って算盤をしまった。そして、ほっと息をつく。

「疫病も収まりましたし、旦那《だんな》様方も帰っておいでになる。若だんなは一年、立派にやってこられました。我らも嬉しいです」

江戸だから、火事の用心はいつでも必要だが、新たな心配事の気配は、この時、微《み》塵《じん》も無かった。皆は安心して、藤兵衛とおたえの帰宅を待つことになったのだ。

ところが。不安を呼ぶ話は、ある日、思わぬ所から長崎屋へやって来た。

「おや日限《ひぎり》の親分、お久しぶりです」

若だんなが離れにいた時、馴染《なじ》みの岡《おか》っ引《ぴ》きが顔を見せて来たのだ。ちょうど、おやつ時であった。

「親分、お団子がありますよ。良かったら、ゆっくりしていって下さい」

若だんなは、お茶を淹《い》れますと言ったのだが、珍しいことに親分は首を横に振った。

「団子を貰《もら》いたいのは、山々なんだ。だが今日は、長崎屋の御仁《ごじん》を急ぎ連れてきてくれと、頼まれてるんだよ」

日限の親分が、珍しくも真面目《まじめ》な顔で言うと、近くで碁盤《ごばん》の用意をしていた、奉公人姿の屏風《びょうぶ》のぞきが、顔を向けてくる。

親分は庭に立ったまま、驚くようなことを、若だんなへ告げてきた。

「今、通町《とおりちょう》にある大店《おおだな》の主人達が、日本橋近くの料理屋、花梅屋《はなうめや》に集《つど》ってるんだ。で、長崎屋さんにも、急ぎ顔を出して欲しいってことだ」

大番頭か、兄や達のどちらかでも良い筈と、親分は言ってくる。だが今日は、そうはいかなかった。

「仁吉は用があって、今、椿紀屋さんへ行ってるんです。廻船問屋の大番頭吉高さんは、ここしばらく、湊へ詰めてる」

となると佐助は、廻船問屋を離れる訳にはいかない。この後、薬種問屋へ約束の客が来るので、大番頭の忠七も、店を離れられなかった。

「だから親分、料理屋には私が行きます。親分も一緒に行ってくれるだろうし、今日は具合が良いから、大丈夫ですよ」

「じゃあ若だんな、この屏風……じゃない、風野《かぜの》も一緒に、料理屋へ行こう」

若だんなだけを行かせたら、後で仁吉から大目玉を食らうと、屏風のぞきが言ったところ、日限の親分が頷いている。

それでも他出を告げると、佐助や忠七は、若だんなを案じてきた。だが料理屋は、駕籠《かご》を呼ぶのも手間なほど、近くにある。若だんな達三人は早々に、通町の店主達が集う席へ、顔を出すことになった。

「おお、長崎屋さんは、若だんながおいでか」

声が掛かったので、まず挨拶《あいさつ》をして、さて何用かと、近くの店の面々へ顔を向ける。だが余程の話なのか、呼んだ店主達が集うまで、話は待ってくれと言われた。そして部屋の両側に、大店の主が二十人ばかりも並んだところで、太物《ふともの》問屋十三屋《とみや》の主田《た》之助《のすけ》が、皆を集めた事情を口にしてきた。

「皆さん、この通町で、頭を抱えるようなことが起きてしまった」

十三屋は、障子戸も全部締め切った中で、声をひそめ、他言無用と口止めしてから語っていく。

「実は、我が十三屋の小僧が、帳場にある店の銭函《ぜにばこ》から、幾らかくすねましてね。団子を食べてました」

「おや、団子ですか」

それが、十三屋が頭を抱え、店の主達を集める程のことなのだろうか。若だんなは首を傾《かし》げ、他の主達も眉尻《まゆじり》を下げている。

「小僧は三人で組んでました。二人が、番頭や手代《てだい》と話している間に、一人が銭函へ手を伸ばすという、利口なやり口だったんです」

だから主や番頭らは、しばらく、小僧達のやっていることを、摑《つか》めないでいたという。

「その事が知れたのは、本当にたまたまの話でした。小僧の兄も奉公しており、手代となっていた。その兄が、弟の悪さに気が付いたんですよ」

兄が畳に頭を擦りつけ、弟達三人と共に謝ったので、十三屋は癇癪《かんしゃく》を起こさないことにした。子供が団子を食べたがったことに、一々大騒ぎをしたら、多くの奉公人をまとめてはいけない。

団子一本、四文だ。事を長引かせても、良い事は何もないと、十三屋には思えた。

「私は、二度とやってはいけないと、小僧達を叱《しか》りました。その上で一月《ひとつき》の間、朝、店先の道も掃除をするよう言ったんです」

するると、首になるかと心配していたのだろう。小僧達が、思い切り泣き出した。そして、とんでもないことを口にした。

「えっ？　団子の話は、前置きですか」

「忠屋《ただや》さん。実は自分達は、人から盗みのやり方を教わったと、小僧はそう言い出しまして」

「やり方、ですか。さっき言われた、三人で組んで、番頭や手代さん達の目を逸《そ》らし、小銭をくすねる方法ですね」

座から出た声に、十三屋が頷く。小僧達はその悪さを、何と近くの湯屋で知ったという。火事が怖いから、大店でも奉公人達は皆、湯屋へ通うものだ。大きくとも、全く風呂《ふろ》がない家が、江戸には多かった。

ここで屏風のぞきが、首を傾げる。

「誰かが湯屋で、小僧へわざわざ、小銭の盗み方を教えたってことですかい？　おや、なんでそんなことを」

十三屋の主は、たまたま小僧の間違いを許した。だが小銭でも、盗みは盗み。手癖が悪いことを嫌われ、そのまま店を出されても、小僧達は文句など言えない。

「嫌なことを、そそのかした奴《やつ》がいたもんだ」

若だんなも、妖の一言に頷く。その悪さが、人の集まる湯屋で教えられたとなると、確かに剣呑《けんのん》であった。

「十三屋の小僧さん以外にも、そそのかされた子が、いるかもしれませんね」

するとだ。ここで油屋川上屋《かわかみや》の主が、話に加わってきた。

「一太郎《いちたろう》さん、そうなんです。実は、うちの奉公人も、湯屋で声を掛けられ、悪い言葉に釣られていました」

ただ川上屋で金をくすねたのは、手代であったからか、額が少し多かった。それで番頭が、直《す》ぐに気が付いたという。

「手代も、湯屋でやり口を教わったと、白状しました。で、不安になりましてね」

湯屋で声を掛けられた奉公人は、他にもいるのではないか。もしかしたらもう、かなりの金が、各店の銭函から消えているのかもしれない。川上屋は、そう思ったという。

「それで、近所にある親戚《しんせき》の店、岡屋《おかや》へ使いを出し、銭函をあらためて貰いました。すると……やはり中身が、少し減ってたんです」

店主達は、恐ろしくなった。

「何人もの若い奉公人達に、道を誤らせたのは、何故《なぜ》か。気になってきました。そして、です」

他にも金のくすね方を、湯屋で教わった者がいるに違いない。川上屋はそう思い立って、同じ湯屋へ通う、隣の十三屋へも聞いた。すると十三屋でも、既に騒ぎは起きていたのだ。

ここに至って三つの店は、大急ぎで、通町の店主達を集めることにした。

「皆さん、店の金箱は大丈夫でしょうか。額が小さいので、見逃してしまっていることもあり得ます」

だが問題は、額の多寡《たか》ではないと、川上屋は言い切った。奉公人が、店の銭函へ手を突っ込む事を、覚えてしまった。その行いが、何としても拙《まず》いのだ。

「何故なら十三屋さんのように、許してもらえるとは、限らないからです。事が露見したら、店から出されるかもしれない。奉公人達は、震える事になります」

若だんなが、顔を顰《しか》める。

「つまり、盗みを働いた小僧さん達は、金を盗めとそそのかしたろくでなしに、脅されるかもしれないんですね」

盗みを主へ告げられたくなければ、手下として働けと、言われかねなかった。

「店の、蔵の鍵《かぎ》を渡せと、言われるかもしれない。夜、賊の引き込みをやれと、強いられることもあり得ます」

川上屋が、溜息《ためいき》と共に頷いた。気が付けば団子一本の話が、押し込みの災いに、化けかけていたのだ。

「私らは皆、用心をせねばなりません」

金をかすめたことを言い出せず、口を閉じたままの奉公人が、いるかもしれない。

「だから皆さん、まず、銭函をあらためて下さい」

川上屋達は言ってきた。

「もし、幾らかでも額が合わなかったら、奉公人達を集め、きちんと話をすることです」

賊に、店へ押し込まれない内に、動いてくれ。真面目な顔で言われ、集った店主達は頷き、三つの店へ深く頭を下げた。これは、通町の危機であった。

「やれ、怖いねえ。なぁ、若だんな」

屛風のぞきは、他の店の主達と同じく、真っ当に心配した。

一方若だんなは、少し顔を強《こわ》ばらせた。先日、一年分の勘定を確かめた日、幾らか銭が足りなかったことを、思い出したからだ。

（長崎屋にも、そそのかされた奉公人が、いるんだろうか）

しかも銭は廻船問屋、薬種問屋の両方で、足りていなかった。今まで、小鬼達の遊びだと思っていたのに、不安が募ってくる。

（これは、拙いかも）

長崎屋の他にも、心当たりがあるのか、心配顔の店主達は何人もいた。そのざわめきが、花梅屋の座敷で、潮騒《しおさい》のように聞こえていた。

2

若だんなと屛風のぞきは長崎屋へ帰ると、さっそく心配事を、兄やや大番頭達へ告げた。

すると、賊と聞いた兄や達は、若だんなが生きていることを確かめた後、まだ日は高かったのに、急ぎ店の大戸を下ろした。

吉高も店へ来て、奉公人達を、食事を取る板間へ集める。若だんなの前で、湯屋で妙な話を持ちかけられなかったか、皆へ問うたのだ。

すると小僧の内、薬種問屋の二人、廻船問屋の三人が、湯屋で妙な男に、声を掛けられていたと分かった。

「その男、店の小銭で、団子を食べる事が出来るって言ってきました」

大番頭達は珍しくも、酷《ひど》く怖い顔になった。

「妙な事を言われたなら、直ぐに店で、私らに話さなきゃ駄目じゃないか」

忠七にびしりと言われて、年若い奉公人達がうなだれている。

ただ話の先を聞くと、小僧達が知らせなかったのにも、訳があった。長崎屋では、時々甘味が貰える。店の銭を盗んで、団子を食べたいと思った小僧はいなかったのだ。それで、忘れていたらしい。

「ああ皆は、しっかりしてたんだね」

とりあえず長崎屋は、そう心配することは、なかろうと、若だんな達は、ほっと胸をなで下ろした。

そしてその日は、大番頭達が、母屋《おもや》で他の奉公人達と話をしつつ、夕餉《ゆうげ》を取る事になった。よって兄や達は久方ぶりに、若だんなや妖達と離れで、一緒に食べたのだ。

すると長火鉢にかかった鍋《なべ》から、若だんなの椀《わん》へ、たっぷり葱鮪《ねぎま》を盛りつつ、佐助が心配を始める。

「若だんな、大店の小僧さん達をそそのかしたのは、やはり盗人《ぬすっと》達でしょう。店に押し入る気なら、上手《うま》いやり方です」

しかし今回は、店主達に事を気づかれてしまった。小僧を脅し、引き込みとして使うことは、もう出来ない。

「ですが、危うさが、なくなったわけではありません。多分小僧達は湯屋で、自分でも覚えていないくらい沢山、それぞれの店のことを、聞き出されているでしょう」

店が儲かっているかとか、蔵の鍵はどこに置いてあるかとか、既に賊は、多くのことを摑んでいるかもしれない。

「ですから長崎屋も、用心いたしましょう。旦那様方が、もう少しでお帰りになる。気を抜いて、賊に入られましたでは、大事《おおごと》になります」

「そうだね、まずは戸締まりだ。それと、蔵の鍵を守らなくては」

当分兄や達が、鍵を持っていて欲しいと言うと、二人が頷く。すると、若だんなの膝《ひざ》に登っていた小鬼達が、震えた。

「きょんいーっ、盗人、鳴家《やなり》を盗みにくる。怖いっ」

小鬼達は、怖いから葱鮪を食べたいと、若だんなへねだる。椀へ取り分けつつ、人には見えない小鬼らを、盗人がどうやって捕まえるのか、若だんなはしばし悩んだ。

一方若だんなの傍《かたわ》らでは、妖達が飲み食いしながら、賊のことを妙に面白がり始めた。

「賊とは危ない話だ。若だんな、面白いからこの金次《きんじ》が、賊を捕まえる罠《わな》でも、店へ仕掛けておいてやるよ。通りかかったら、金を落としちまう場でも、作っておこうかね」

貧乏神は笑っていう。途端、他の妖達まで、張り切ってしまった。

「屏風のぞきが、一番に力を貸すよ。縁の下に、落とし穴でも掘っておくかな。深い穴を、一杯掘るんだ」

盗みをするため、縁の下に入ると、賊は穴へ落ちるのだという。

「場久《ばきゅう》は、押し込みの悪夢を見てる者がいないか、近場で夢を見回っておきましょう」

夢の内では、誰も場久に敵《かな》わないのだ。

「悪いことを考えている賊がいたら、猛烈な悪夢を見せてやります」

場久は何故だか楽しげに言った。

「おしろは屋根へ、滑る仕掛けを付けておきます。怖い罠です。屋根からぽろぽろ賊が落ちたら、面白いですよね」

途端、佐助がおしろへ目を向け、滑りやすくするため、油を使うことは厳禁だと念を押した。下手をして火事になったら、大事なのだ。

おしろは笑って、罠は百日紅《さるすべり》の木の皮で作るから、大丈夫だと請け合う。なぜ猫又《ねこまた》が罠に詳しいのか、万物に詳しい仁吉は何も言わず、ただ頷いている。

「皆、まめだねえ」

若だんなが感心していると、鈴の付喪神《つくもがみ》が、悩み出した。

「す、鈴彦姫《すずひこひめ》も、何かしたいです。でも、あたし、何が出来るのかしら」

小鬼達は、影内から賊へ手を出し、何でも引っ張って楽しむと言っている。

「きゅい、鳴家が一番」

仁吉が最後に、妖達へ念を押した。

「妖達は、色々思いついているようだ。だけどね、とにかく長崎屋の奉公人やお客を、巻き込むんじゃないぞ」

「きゅい」

「それと人に、妖の仕業《しわざ》と疑われないこと。賊が長崎屋を狙わなくても、怒って、余所の店まで捕まえに行かないこと」

若だんなは、鮪《まぐろ》を食べつつ仁吉へ問う。

「穴を掘るなとは、言わないいんだね」

「止めても妖達は、こっそり隠れて、馬鹿《ばか》を重ねそうですから」

ならば妖達の〝活躍〟は許し、何をやるのか、行いを承知していた方がいい。兄やはそう言ったのだ。

「妖達が、賊との戦い方を色々思いついたのは、凄《すご》いよね」

そして若だんなは、ふと不思議に思い、兄や達へ問うた。

「今日、花梅屋へ集まってたのは、近くの大店の主ばかりだった。だから数も少なめで、二十人くらいしかいなかったんだ」

だが湯屋の内には、もっと小さな店の奉公人も、沢山いたに違いない。いや職人など、お店の奉公人以外の者も、湯屋へ来ていた筈なのだ。

「賊は湯屋で、どうやって声を掛ける大店の奉公人達を、選んだのかしら。若い子達皆に、話したんじゃないよね。妙な話を聞いたって、噂になってないもの」

妖達はここでも、己《おのれ》の知恵を誇る。

「そりゃ若だんな、小僧さん本人に聞いたんだよ。どこの店の者か」

屏風のぞきはそう言ったが、場久が困ったような顔を作る。

「大店の奉公人を捜してたら、その内湯屋の主に、岡っ引きを呼ばれちまいませんか？」

怪しさ一杯だと言うのだ。

「おしろは、筮竹《ぜいちく》で占ったんだと思います。大店の奉公人は、だぁれって」

「きゅべ？　ぜいちく？」

「ひゃひゃっ、小僧から、金の匂《にお》いがしたんじゃないか？　あたしは貧乏神として祟《たた》るとき、金持ちを選んでるよ」

「金次、小僧達は、余りお金、持っていない気がするけど。お金の匂いがするの？」

金次が首を傾げている間に、佐助が答えを口にした。

「若だんな、何日か湯屋へ通っていれば、誰がどこの店の者だか、分かりますよ。大店の小僧さんたちは、何人かまとまって、湯屋へ行ってるでしょう。今日は何が売れたとか、掃き掃除をしたとか、店のことをあれこれ話してると思います」

ただ奉公人達は、湯屋へ金は持っていかない。貧乏神でも、金の匂いは分からないよと、佐助は金次へ笑いかけた。

「金次も、金より羽書を持っていくだろうが」

「えっ？　あ、そういや、湯屋へ一月、入り放題の羽書を買ってたっけ」

一月使えるものが、百四十八文だ。子供は少し安い。年に二度ほど、小遣いを貰うのみの小僧達には、店が買って持たせていた。

「つまり賊は何日もかけて、湯屋で小僧達を選んでたんだな」

そんなに、手間を掛けたのだから、賊は大店を狙《ねら》っているに違いない。江戸市中で店が襲われたら、荒っぽいと言われる、火付盗賊改方《ひつけとうぞくあらためかた》が出て来る。何度も押し込みを行うことは無理だから、金持ちから、ごそっと金品を奪い、大急ぎで逃げるわけだ。

仁吉が、念を押してきた。

「若だんな、賊になど遭わないで下さいね。怪我《けが》などしたら大事です」

「仁吉、そりゃ私だって、遭いたくはないけど。賊は向こうから、押し込んで来てしまうもんじゃないの？」

妖達は、罠を沢山仕掛ける前に、たっぷり食べると言って、葱鮪鍋をお代わりしている。

「久しぶりに皆と一緒に食べるのは、いいね」

「旦那様がお帰りになったら、また離れへ戻りますよ」

佐助がそう言うと、屛風のぞきが首を傾げた。

「じゃあ、あたしと金次さんの奉公は、どうなるんだい？　辞めていいのかな？」

「二人はそのまま、奉公を続けておくれ。若だんなが店表へ出ている間、側にいてくれると助かる」

兄や達は最近、忙しくなっているのだ。

「私はこれから頑張って、沢山店へ出るつもりだよ。だから二人とも、よろしく」

若だんなが嬉しげな顔で言う。仁吉は落ち着いた顔で、病になっていなければと、しっかり言い足してきた。

3

おしろが屋根へ仕掛けをし、屛風のぞきが穴を、縁の下で掘りまくったと自慢している間に、三日ほどが過ぎた。

妖達が本当に熱心に、あちこちへ仕掛けを施しているので、若だんなや兄や達ですら、自分達も何かをやるべきだと、思ってしまったほどであった。

「仕方ない、我らも一つくらい、罠を掛けておきましょう」

兄や達はそう言うと、暫《しばら》く姿を消した。だが、妖達が面白がって使うと困るからと、何をしたのか、若だんなにも教えてくれなかった。

「きゅべ、つまんない」

すると昼過ぎのこと、薬種問屋長崎屋の店表に、初めて会う御坊《ごぼう》が現れた。長旅でもしてきたのか、元々貧乏な寺の僧なのか、墨染めの衣は埃《ほこり》っぽく、かなりくたびれた見た目であった。

僧は長崎屋の土間に立つと、客ではないと言ってきた。

「拙僧は修行中の、東庵《とうあん》と申す者。御主人がおられたら、話をしたいのだが」

丁度、若だんなも仁吉も店表におり、東庵と向き合う。

「御坊、何か当店に、御用でしょうか」

若だんなが問うと、東庵は二人へ近寄り、少し声をひそめてから話し出した。

「実は、江戸へ来た後、たまたま近くの湯屋へ行ったのだ。そうしたら思わぬものを、見聞きしてしまった」

僧はまた一歩、店の端近に座っている二人へ身を寄せる。そして小さな声で、一言、賊という言葉をつぶやいた。

「店先で、話す事でもないと思う。どこぞ客のおらぬところで、語らせてもらえぬだろうか」

表の道にある、茶屋でも構わぬがと言われ、若だんなは仁吉と顔を見合わせる。ならば店奥の、離れの縁側にでも座って頂こうと言い、奥へ抜ける細い通路へ僧を誘った。すると道の奥に、昼餉《ひるげ》を済ませたのか、金次と屛風のぞきが、店へ戻って来るのが目に入る。

その時だ。廻船問屋の方へ行こうとしていた金次が、ぴたりと足を止めた。そして、一寸《ちょっと》店表へ目を向けた後、珍しくも薬種問屋へ小走りにやってくる。一つ首を傾げた後、屏風のぞきも追ってきた。

「金次、どうしたの？」

問うた時、金次は若だんなの腕を、何故だか引っ張ってきた。そしてさっと客の僧から引き離すと、二人で兄やの背へ回り込む。

「金次？」

若だんなは首を傾げたが、兄やはたちまち、黒目を針のように細くした。貧乏神が、僧を嫌がったと、承知したからだ。

「おや、こちらは、どなたかな」

僧は落ち着いた顔で、通路へ歩み出し、近寄ってくる。金次の手に力がこもり、若だんなは、何が起きたのか分からないまま、不安になった。

その時だ。魂消《たまげ》たことに、中庭から大きな鈴が一つ、店へと飛んで来たのだ。

「えっ？」

目を丸くした若だんなの前で、鈴は僧の頭に当たり、大きく跳ね飛んだ。しゃんと明るい鈴の音色が、薬種問屋に響き渡った。

鈴を食らった僧は、気を失いはしなかったが、頭に大きな瘤《こぶ》を作り、店横の土間に膝《ひざ》をついてしまった。

仁吉は僧を、急ぎ店表の端に座らせ、膏薬《こうやく》を塗る。そして瘤が大きいゆえ、今日は早々に帰って休むよう、僧へ伝えたのだ。

「あの、是非に直ぐ、店の方へ話したいことがあるのですが」

僧は粘ってきたものの、体が大事だと言われ、表へと送り出されてしまう。

「話したいことがおありなら、岡っ引きの親分が、聞いて下さいますよ。近くの自身番へ行けば、呼んで下さるでしょう」

僧が通りから消えた後、若だんなは妖達と離れへ引っ込んだ。そこで真っ先に謝ってきたのは、鈴彦姫であった。

「済みません。鈴、店へ向けて投げちゃ、いけなかったんですよね」

鈴彦姫も、妖の皆と同じように、賊に備え、何かをしたかったらしい。そんなとき、離れから金次の動きが目に入った。見知らぬ僧から若だんなを、庇《かば》っているように思えたという。

「私も、悪い僧をやっつけなきゃって、思ったんです。で、咄嗟《とっさ》に鈴を投げてしまって」

鈴彦姫は、馬鹿をしたと、しょんぼりしている。ところが。ここで何と仁吉が、役に立ったと、鈴彦姫を褒めたのだ。

「あの鈴のおかげで、上手くあの僧を足止め出来たからね。ところで金次、どうして急に、若だんなを僧から、引き離したんだい？」

僧は、妖の類《たぐ》いではなかったと、仁吉が言ったところ、貧乏神も頷く。ただ。

「あの坊主《ぼうず》だけど、見てくれは、そりゃ貧乏くさかっただろ？」

ところがだ。

「あいつから金の匂いが、ぷんぷんしてたんだよ」

「きゅわっ？」

「あの坊主、大金持ちに違いない。祟《たた》りたいねぇ」

貧乏神が言い切ると、妖達がざわめく。

「なら、あのお坊さん、何で貧乏そうな見てくれをしてたのかね？」

屛風のぞきの言葉に、仁吉がまた黒目を細めている。

「あの坊主、若だんなを外へ、誘いたがっていたな」

「はて、なんで私を、店の外へ連れて行きたいと、貧乏人のなりをするのかしら」

若だんなが眉尻を下げ、これには妖達からも、返事がない。若だんなはとにかく、暫く離れにいるよう、仁吉から言われてしまった。

するとを事情は、じきに分かってきた。日限の親分が、離れへ顔を見せて来たからだ。

「おう、若だんな。また寄らせてもらったよ」

「親分、私は今日、店表へ出てたんですよ」

若だんなが、ちょいと誇らしげに言うと、馴染みの岡っ引きは、身内のおじ御のように、優しい顔で頷いている。親分が縁側に座ると、屏風のぞきが、部屋内から辛あられ入りの茶筒を持ってきて、親分へ勧めた。

「今、茶を淹れますんで。どうぞ」

「おや、風野さんどうも。気が利《き》くこって」

親分は、ばりばりと美味《うま》そうにあられを食べてから、気になる話を聞いたと口にした。

「先日、大店の皆さんが集った時、奉公人の湯屋通いが、話に出ただろ？　あの話には、続きがあるんだ」

賊が心配になった大店の何軒かは、奉公人が通う湯屋を、早々に替えたという。江戸には湯屋が多い。通える先は色々あるのだ。

「それでさ、大店の奉公人ばかりが、揃って湯屋を移っただろ。何があったのかって、町じゃ噂《うわさ》になってるんだ」

岡っ引きが行った湯屋の二階でも、男どもが話していたという。だから。

「もし賊が湯屋へ入り込んでたら。大店の主達が、小僧達の件に気付いたと、分かっちまってるかもな」

となれば、賊達はやり方を変えてくるだろう。よって親分は大店へ、用心しろと、この話を伝えているのだ。

「気をつけるこった。長崎屋は今、主《あるじ》の藤兵衛さんがいないって、知られてる。だから、余計だな」

「おとっつぁんがいないと、危ないんですか」

「若だんな、もちろん仁吉さんや佐助さんは、強いよ」

しかしだ。

「余所から見たら、主のいない長崎屋は、付けいる隙《すき》のある店かもしれねえ」

「なるほど」

若だんなは日限の親分へ、しっかり頭を下げた。表へ見送るとき、仁吉も礼を言い、親分の袖内《そで》へ幾ばくかを入れ、饅頭《まんじゅう》など持たせている。

そして親分が帰ると、妖と若だんなは、離れに丸い輪を作り話し始めた。

「ねえ、みんな、日限の親分の話を考えると、もしかして。今日、長崎屋へ来たあの坊様、賊の一人だったのかしら」

賊は押し入る為《ため》、自ら化け、坊主を装《よそお》ったのかもしれない。

「そして店主自らに、店を案内させたかったのかも」

店内の様子や蔵の鍵の在処《ありか》を、摑むのだ。昼間なら明るいから、逃げ道も確かめられる。若だんながそう言うと、仁吉が更に、とんでもない話を口にした。

「あの金持ち坊主、真っ昼間でも構わず、若だんなを攫《さら》って、身代金を求める気だったのかも知れません」

その為に外の茶屋へ、誘っていたのかも知れないという。若だんなは眉尻を下げた。

「賊が、そんなに派手なことをするかしら」

賊ならやはり、暮れて、姿がはっきり見えなくなってから動くと思うのだ。だが屏風のぞきは、火鉢の横から不思議そうに返してきた。

「若だんな、夜だって顔くらい見えるぞ」

「それは妖だからだよ。人には難しいの」

「若だんなには、見えないのかい？」

「あれ？　どうだったっけ？」

とにかく、先程の僧は怪しげだったと言うと、妖達も頷いている。ならばだ。若だんなは、先日から考えていたことを告げた。

「ねえ仁吉。しばらくの間だけでも、奉公人達を夜、余所《よそ》で寝泊まりさせること、出来ないかな」

「余所と言いますと？」

「例えば、廻船問屋長崎屋が持ってる、蔵の二階とか。もし賊に押し入られたら、奉公人達が危ないもの。それに、賊と鉢合わせた妖が、好きに動いたら、店に妙な者がいたと噂になってしまう」

仁吉は少し考えてから、無理ではないと口にする。

「湊には今、四戸前の蔵があります。船に載せる荷の出し入れが多いので、長崎屋の蔵は、二階が空いていることが多いですし」

二階で足りなければ、一階の荷にもたれて、夜を過ごせばいい。賊を心配する日は、そう長くは続かないはずと、仁吉は口にした。

「商売に支障が出ますから。その内、お店が揃って奉行所へ、賊への心配を訴えることに、なると思います」

大店は日頃、同心達や奉行所へ、それなりの金を届けている。だからじき、火付盗賊改方が出て来る話になる。そうすれば賊は、江戸で動きづらくなり、どこかへ去るのだ。

「短い間なら店で寝るより、賊の心配がない蔵の方が、奉公人達も良く眠れるでしょう。毎夕大番頭さん達に、舟で蔵へ連れて行ってもらうとします」

廻船問屋を営む長崎屋は、荷を運ぶ小舟を多く持つから、勝手が良かった。そしてもちろん若だんなには、暫く店を離れて貰うと、兄やは言い出した。

「あ、やっぱりそうなるの?」

「上野の広徳寺《こうとくじ》が良いでしょう。あの広い寺の、寛朝《かんちょう》様の側《そば》なら、賊に狙われることもないです」

長崎屋は妖達が守ると、仁吉は薄く笑いつつ、言い切った。すると、小鬼が震える。

「きゅんべ、鳴家は賊、怖い」

「なら若だんなと一緒に、上野へお行き。だが妖なんだ、店にいても大丈夫だろうに。賊が来たら、影内へ逃げればいいだけだ」

「きゅわ、鳴家強い。賊、やっつける」

だが、奉公人を余所で泊めると決めても、いきなり蔵へ行かせる訳にもいかない。まずは大番頭達へ話し、明日の昼間の内に、皆で、夜具などを運ぶと決めた。

それから若だんなは広徳寺に宛《あ》て、暫く寺で過ごしたい旨《むね》、自分で一筆書き始めた。覗《のぞ》き込んできた屏風のぞきと鳴家、鈴彦姫が、一緒に行くと言い、名を添えるよう頼んでくる。

若だんなは笑って頷《うなず》くと、藤兵衛達が帰ってくるまでに、賊の騒ぎが終わっていればいいと、祈るように言った。

4

長崎屋は翌日、早めに店を閉めた。そして奉公人達は夜具を運び、蔵を片付ける為に、小舟で三々五々、湊《みなと》へと向かったのだ。

夕刻が近くなると、長崎屋には兄や達や金次、屏風のぞきなど、妖達と若だんなだけが残った。奉公人達は、握り飯などを持って蔵へ行き、後は明日まで帰ってこない。

仁吉は、暫く若だんなが店を離れると、近くの店主達へ告げに出た。上野に行くには、隅田川を上り、蔵前の先まで舟に乗る。若だんなの為、佐助が船頭を呼びに行き、若だんなと妖が、店に残った。

「母屋の表も裏も、昼間なのに大戸が下ろされて、戸締まりが済んでいる。何だか、別の店みたいだね」

広徳寺へ持って行く荷も、きちんと整えられている。後は若だんなが離れを出る時、雨戸を立てれば、離れも閉じられるのだ。

そして今回、かくも滑らかに事が進んでいるのに、若だんなは縁側で、少し不安になっていた。それで広徳寺へ向かう前に、どんな罠を、どこへ、幾つくらい仕掛けたか、妖へ真面目に問うたのだ。

「今日からは夜の間、店に長崎屋の奉公人は、ほとんどいなくなる。で、そのことは、同心の旦那や日限の親分へ、伝えてあるんだ。夜、店から怪しい音がしたら、中を改めてくださるそうだ」

つまり同心達が店へ来た時、妖達の罠でとんでもない目に遭わせては、拙い。若だんながそう言うと、妖達は離れの内に座り、不満げな顔つきを見せてきた。

「若だんなぁ、賊が店へ入り込んだら、あたし達が返り討ちにします。その為に、皆であちこちに、罠を取り付けたんですよ」

同心は要《い》らないと、猫又のおしろは言い出した。すると、他の妖も頷く。

「邪魔だよ。せっかく奉公人がいなくなって、好き勝手に賊と、戦えるっていうのに」

「屛風のぞき、場久、好き放題、戦っちゃ駄目なんだよ。人が居ないはずの長崎屋から、大勢の雄叫《おたけ》びが聞こえたら、拙いだろ？」

　しかしそれでも、妖達はうんと言わない。夕暮れ時の縁側で、金次までが若だんなへ、岡っ引きなど迷惑だと言い出した。

「賊が来なきゃ、おれ達は、大声なんか上げないわさ。で、もし賊が来たなら、大きな声が聞こえても、おかしくないじゃないか」

「金次、盗人は夜中に、大声を上げたりしないよ」

　若だんなは、こめかみに手を当てつつ、とにかく妖達が仕掛けた罠を、確かめたいと告げる。おしろは頷くと、まずは部屋内から屋根を指さした。そして百日紅の木の皮で作った罠について、自慢げに語る。

「猿も滑る木の皮を、つるつるに磨いて、屋根に一杯取り付けておきました。屋根を歩こうとして踏んだ途端、滑って落ちます。風じゃ飛ばないし、良い出来の罠になりました」

この時何故だか、上からみしりと、低い音が聞こえた。おしろは笑って、ああいう音をさせ、誰かが屋根を歩けば、その内間違いなく滑って、屋根から転げ落ちると言い切った。

すると。

「あっ」

押し殺したような声がしたと思ったら、いきなりどしんと、屋根が鳴った。直ぐに庭へ、瓦《かわら》が落ちてくる。その内、もっと大きなものが中庭へ降ってきて、庭で鈍い音を立てる。小鬼達が一斉に、ぎょわーっと声を上げた。

若だんな達は呆然《ぼうぜん》としつつ、落ちてきたものへ目を向けた。

「えっ？　人？」

おしろの罠で、屋根から落ちたというのに、その男は生きており、顔を顰め首を振っている。ふらついてはいたが、大怪我はしていないのだろう。そして庭に、短い刀も転がっていたが、鞘《さや》が近くにはなかった。

「夕刻、誰が屋根になんか、登ってたって言うんだ？　しかも、抜き身の短刀を持って」

若だんなへ、男の顔が向いてくる。瘤を見た途端、相手が誰なのか分かった。

「昨日の僧っ」

賊ならば仲間も、店の周りに来ているはずと、思いついた。つまり、外へ逃げだそうとすれば、捕まる。

「賊だっ、みんなっ、離れから出ないで」

まだふらついている賊と、自分達の間に、木で出来た頑丈な雨戸を立てると、それこそ大急ぎで、上げ猿、落とし猿、横猿で施錠《せじょう》した。木の戸が開かないよう、戸締り用の鍵、上桟や下桟などにつける細木で、固定したのだ。

すると直ぐ、表から雨戸を、凄い勢いで揺さぶられた。小鬼達が驚き、声も出せないでいると、低く、笑うような声が聞こえてきた。

「おやぁ、若だんなとやらを捕まえて、蔵を開けさせる気でいたのに。屋根でしくじって、逃げられちまったか」

だが、しかし。自分達はもう、長崎屋の奥まで、入り込んでいるのだ。逃げられないよと、屋根から落ちてきた男は、凄むような声で言ってくる。

「おれ達が賊だと分かってんなら、話は早い。おい、若だんな。さっさとおれらへ、蔵の鍵を差し出しな」

その上で、逃げ込んだ場所で震えていろと、賊は言ってきた。

「そうすりゃ、命だけは助けてやる」

ところが、その時。

今度は畳の下から、あっという声と共に、大きな音が聞こえて来たのだ。若だんなが足下へ目を向け、眉《まゆ》を顰《ひそ》めていると、ここで屏風のぞきが事情を教えてくる。

「若だんな、あたしは縁の下に、穴を沢山掘ったって言っただろ？　うん、あたしはその穴を、落とし穴にするため、上に薄く、藁《わら》を敷いて土をかぶせておいたんだよ」

つまり今のは、賊の仲間が、落ちた音に違いない。屏風のぞきはそう言うと、確かめる為、影内からすっと床下へ消えた。

そして直ぐに戻ると、鼻に皺《しわ》を寄せていたのだ。

「若だんな、鍵を渡しても、賊はあたし達を、助ける気なんかないようだ」

屏風のぞきは、小さな壺《つぼ》を差し出してきたが、雨戸を立てて、薄暗くなった離れの部屋では、よく見えない。だが、ぷんと強い臭《にお》いがしたから、どういう代物《しろもの》なのか、若だんなにも分かった。

「これ、魚油《ぎょゆ》だね？」

「縁の下に撒《ま》こうとしてたんだろ。つまり賊は金を手に入れたら、長崎屋に火をつけるつもりなんだ」

若だんなは歯を食いしばった。そして、早く動かねばならないと分かった。小鬼を懐《ふところ》から取り出すと、撫《な》でてから頼む。

「鳴家達、影内から表へ出て。仁吉と佐助を捜して、告げておくれ。賊が長崎屋に来たって」

「きゅいっ」

離れから、結構な数の小鬼達が、通町へと消えてゆく。だが、このやり方には、心配もあった。仁吉も佐助も、今どこにいるのか、はっきり分かっていないのだ。

(兄や達は間に合うように、長崎屋へ戻ってくれるだろうか。賊は、さっさと蔵を開いて金を奪い、素早く逃げる気みたいだけど)

離れで踏んばろうと思った。父親から一年の間、店を預かったのに、賊に燃やされてはたまらない。

(これは合戦だ。負けたら、命まで取られてしまうんだ)

若だんなは、口を引き結んだ。

賊が、またも手荒く、雨戸を揺らしてきた。

5

だが、離れは頑丈な作りだったから、幾つもの猿で止めた雨戸は、外れない。すると表の男は、すっと気配を消し、雨戸の側から離れた。

「あ、自分達の動きを分からなくして、中の者を不安にさせる気かな」

若だんながそう口にした途端、鳴家が影内へもぐった。そして、早々に帰ってくると、話し出す。

「きゅい、若だんな。表の賊、七人いた」

「おや、たまたま、私達と似た数だね」

つまり一味は、穴にいる者も合わせ、八人だ。屏風のぞきは、先程の僧と仲間達は、中庭で顔を突き合わせ、いかに離れへ押し入るか、話していたという。

ここで若だんなが、皆へ言葉を向けた。

「兄や達が来てくれるまで、何とか離れを守りたい。出来るかしら」

「我ら妖は、が、頑張るよ」

たとえ七人の賊だろうが、ただの人が、仁吉や佐助に敵うとは思えない。つまり今日、賊との戦いは、短い間の攻防になると思われた。

「しかし、先手を取られてしまったね。こんなに早い刻限から襲われるとは、思ってもいなかったよ」

だが賊に、知られていないことがある。若だんなには、影内から表へ出て行ける妖達が、付いているのだ。

「そして蔵の鍵は、兄や達が持ってるもの。賊が母屋《おもや》を捜しても、手に入らないよ」

その時、縁の下からまた、短い悲鳴が聞こえてくる。どうやら懲《こ》りずにまた、縁の下へ潜り込んだ者がいたらしい。屏風のぞきは、自分を励ますように言った。

「大丈夫だ。縁の下の穴は、一旦《いったん》落ちれば、一人じゃ這《は》い上がれないよ」

妖は縁の下の穴を、それは深く掘ったらしい。若だんなが呆《あき》れ、そして褒めると、屏風のぞきは胸を張った。

すると場久が、ならば自分も、手柄を立てたいと言い出した。屏風のぞきは、本当に出来るのかと、軽く疑い、金次はお手並み拝見と言って、わずかに笑う。場久は一寸、唇を尖《とが》らせた。

「私は、悪夢を喰う獏《ばく》です。悪夢を通し、色々出来るんです。ええ、この場久を敵に回したら、賊は酷い目に遭うんですよ」

ここで場久は雨戸へ近づくと、ここ何日かで、気になる悪夢を摑《つか》んでいると口にした。そして賊達の声が聞こえる方へ、雨戸の内から、とんでもない言葉を浴びせた。

話した途端、周りの声が、ぴたりと止《や》む程のものであった。

「おいっ、賊の頭の娘、お初《はつ》が好いているのは、許嫁《いいなずけ》じゃない。浩助《こうすけ》だっ！　その証《あかし》に、二人は同じ紋の入った指の輪を、持っている」

「きょべ、こーすけ、誰？」

場久が、夢の内で聞いた名であろうが、長崎屋の皆は、誰も知らない。

しかし直《す》ぐに雨戸の向こうから、大騒ぎが聞こえてきた。こんな所で止《よ》せと止める声と、それでも止まらない怒鳴り声が、夕刻の、長崎屋の中庭に響いている。

「若だんな、押し入った家の庭で、大声を出す賊は、いるみたいだよ」

「本当だ。金次、賊の喧嘩《けんか》って、私は初めて聞いたよ」

「実は、あたしもだ」

人には見えない小鬼が何匹か、その珍しい喧嘩を見物に、離れから出て行った。すると間もなく戻って来て、諍《いさか》いはあっさり終わったと、残念そうに言う。

「こーすけ、怖い顔の誰かに殴られた。で、長崎屋から、出て行っちゃった」

つまり。二人が縁の下の穴に落ち、一人庭から消えたので、賊の残りは五人だ。だが、このままのんびりしていることはなかろう。若だんな達は次に何をしてくるか、身構えていた。

　すると、思わぬことが起き、若だんな達も、賊も、双方が慌《あわ》てることになった。この時、中庭の横手にある木戸を、開く音が聞こえて来たのだ。

「鳴家、見に行けっ」

　屏風のぞきが、急ぎ小鬼を表へやったが、誰が何をしにきたのか、離れの内にいる若だんな達にも、直ぐに分かった。聞き慣れた声が、離れにまで届いてきたからだ。

「若だんな、表から声が聞こえたよ。上野に行くと聞いてたのに、まだ店にいたのかい？」

　どうやら親分は、用が長引いてまだ帰れない仁吉から、長崎屋へ顔を出して欲しいと頼まれたらしい。

「それと、佐助さんの方だが。奉公人の乗った舟から、川へ夜具が落ちたんで、佐助さんは蔵の方へ回るそうだ。若だんなの舟はちゃんと頼んだから、京橋近くに行ってる筈だって……あんた達、誰だ？」

　どうやら親分は中庭で、賊と正面から鉢合わせしてしまったらしい。若だんな達は離れの中で、顔を引きつらせた。

　だが、夕刻の庭にいる面々を、まさか賊だとは思わなかったのだろう。親分がのんびりした声を向けたからか、賊も柔らかく言葉を返した。

「おれ達は、そう……人夫さ。長崎屋の蔵から、荷を運びだしてくれと言われて来たんだ。でも店に誰もいないんで、困ってたんですよ」

「おや、長崎屋は今日、忙しいんで、荷のことを忘れてるのかな」

「お前さんは、長崎屋のお人かい？　蔵を開けちゃ、くれないかね」

賊は何食わぬ調子で、日限の親分に頼んでいる。親分は笑って、首を横に振った。

「おれは岡っ引きなんだよ。店のことは、分からねえ」

「おや、おめえさん、御用の者なのかい」

庭から聞こえてくる声の調子が、少し低くなったので、若だんなはひやりとした。だが、ここで相手が賊だと、声を掛けていいものかどうか、分かりかねた。

日限の親分は、多分正面から、賊達の顔を見ているからだ。しかも岡っ引きだ。

(親分はきっと、このまま帰しては貰《もら》えない)

　表へ逃げられないなら、離れへ逃げて貰うしかないが、頼りの雨戸を開けるのは剣呑《けんのん》だ。もし一緒に賊まで入って来たら、妖だけは逃げられるよう、祈るしかなくなる。

(怖い。でも親分を、何とか助けなきゃ)

分かってはいる。急がないと危うい。けれど、どうしたらいいか、直ぐに妙案が思い浮かんでくれない。

(どうやったら、助けられるんだ?)

すると、ここで屛風のぞきが、若だんなの袖を引っ張り、畳を指さした。一つ首を傾《かし》げた後、ぽんと手を打ち、若だんなは頷く。

そして先に、屛風のぞきが影の内へ消えると、残った皆は大急ぎで、畳をどかした。次にその下の板を、剝《は》がしにかかった。

6

「なあ親分さん。長崎屋の蔵の鍵《かぎ》、いつもどこにおいてあるか、知らないのかい? 見たこと、ないのか?」

瘤のある賊の、話が聞こえてくる。日限の親分の声は、他の声に押されるように、離れへ近づいてきた。

「だから岡っ引きが、蔵の鍵の在処を、知るわけないというのに」

そこまでは、並の話がなされた。だが、岡っ引きが役に立たぬと分かったからか、賊の声は段々、遠慮のないものになっていく。

「ああ、まどろっこしいな。こっちは、さっさと片を付ける気で来てるのに。これじゃじき、とっぷり暮れちまう」

賊が不意に、怖いことを言い出した。

「離れへ逃げ込んだ、若だんなよぅ。出てきて、この親分さんを救わないのかい？このままじゃ、おれ達はこの親分を、殺しちまうよ、多分」

日限の親分の声が、強ばる。

「若だんな達が、離れにいるのか。お前達から逃げて、籠《こ》もってるって？」

ということは、つまり。

「お前ら、大店の奉公人達を、手下に使おうとしてた奴《やつ》らだな。賊の一味なのかっ」

「当たりだ。そうと知ってるおめえは、生かしちゃおけねえなぁ」

ひえっという親分の声が、離れへ聞こえてくる。足音が近寄り、誰かの体が、濡《ぬ》れ縁にぶつかったのが分かった。

「若だんなは、親分さんを助ける為、雨戸を開けちゃくれないのか。残念だ」

勝ち誇ったような声が聞こえた、そのときだ。

「げえっ」

突然、大声と共に、大きな音もした。それから、親分の声が続く。

「い、痛いっ。何だ、引っ張られてる」

ずずずと、縁の下を這いずる音がした後、空けておいた床下から、まず屛風のぞきが顔を出す。妖は、濡れ縁の下まで行くと、庭の方へ手を伸ばし、岡っ引きの足を捕まえたのだ。そして縁の下へ引きずり込むと、奥へ引っ張ってきた。

「親分て、引きずるには重いよっ」

「早く上がって」

若だんなが焦《あせ》った声を掛けると、妖は己で離れの中へ戻り、岡っ引きは皆で、部屋内へ引っ張り上げた。その後、急ぎ床板を戻し、更に畳を戻して上からあり合わせの重しを載せた。

すると、待ちやがれという声が聞こえ、縁の下を、賊が追ってきたのが分かる。

だが。その声は直ぐ、うわっという声に変わり、うめき声になった。屛風のぞきが、着物の土を払いつつ、胸を張った。

「はは、落とし穴にまた一人、落ちたか」

日限の親分は、ようよう部屋で身を起こすと、離れにいた長崎屋の皆へ、呆然とした目を向けている。

　すると雨戸の向こうから、岡っ引きに逃げられたと、大声が聞こえてきた。離れの内へ入ったようだという声に、部屋内の皆はびくりとし、表へ目をやった。


　若だんなが日限の親分へ、自分達が賊に襲われた事情を話すと、親分はしかめ面《つら》で頷く。そしてまず、縁の下から助けてくれた屏風のぞきへ、手をついて礼を言った。

「いいってことよ。だがちょいと、重かったけどな」

　それから親分は、閉じられた雨戸を見ると、今はこの板一枚が、賊と隔ててくれてるんだなと、小声でつぶやいた。若だんなは、今、分かっていることを伝える。

「賊は、元々八人のようで。残ってる五人の内、親分を追って来た奴が床下の穴へ、落ちたみたいです。残りの賊は四人かと」

「四人か。床下に穴があって、助かったな」

　まさか妖が掘ったとも言えず、若だんなは頷くだけであった。だが、相手の数が減ったと言っても、この先が怖い。床下に仲間がいることは、分かっているだろう。だから仲間を穴から、取り戻そうとするかもしれない。

そして。

「親分さんが、こうして見廻りに来たんです。仁吉や佐助からの伝言も、親分は口にしてた。長崎屋にはその内、人がやってきます」

賊は人が集まる前に、次の手を打ってきそうなのだ。

「こちらにいるのは、親分と私、風野、金次、おしろさんと鈴さん、場久さんの七人です」

味方の方が多いが、賊は、刃物を持っている。正面からやり合うのは、危うかった。

「そうよね、残忍なことも、馴《な》れているかもしれないし」

おしろの言葉に、親分が頷く。

「多分賊が、雨戸一枚、まだ蹴破《けやぶ》っていないのは、人が表を通っている刻限だからだ。大戸を下ろした店から、大きな音がしたら、自身番へ知らせが行くだろうしな」

だがこのままでは、らちがあかないとなれば、賊は態度を変えるだろう。親分が離れの内でつぶやくと、まるで雨戸に耳を当て、その言葉を聞いていたかのように、表から、賊の声が聞こえてくる。

「若だんな、蔵の鍵、持ってるんだろ？　渡しなよ。さもないと雨戸を蹴破って、押し入るよ。そうなったらおれ達は、お前さんの首を落とす」

「ひえっ」

　離れの皆が、動きを止めた。

「長崎屋の親は、息子が大事なんだそうだ。首がないまま、息子を葬《ほうむ》りたくはあるまい。若だんなが死んでも、おれ達はかまわねえんだよ。親が首に、大枚払ってくれるだろう」

「ううっ、怖いことを言う」

　親分の声が、震えている。若だんなは、歯を食いしばった。

（まだ、兄や達は戻ってこない）

　そろそろ帰るとは分かっている。だが、どれくらい後なのか、それを摑めないのが辛《つら》い。探しに行った小鬼すら、戻ってきていない。もう少し、時が掛かるのかもしれない。

（兄や達を待ってちゃ駄目だ。賊が雨戸を蹴破る前に、私は決断しなきゃ）

　自分から動けば、その場を己の考えで動かせる。賊の動きを、いささかなりとも封じられるのだ。

（だから、怖くても動かなくっちゃ駄目だ）

　ここには若だんなの他に、影の内へ逃れられない者が、もう一人いる。親分の為にも、心配してくれる親や妖達の為にも、早く、この離れから逃げなくてはならない。

(でも、どこへ逃げればいい？)

若だんなはここで懐から、先程見つけておいた、大きめの鍵を取り出し見つめた。それから頷くと、小声で皆へ、離れの裏から走り出て、京橋の船着き場へ向かおうと言ってみる。

「あそこなら結構遅くまで、船頭がいたりする。蕎麦《そば》屋なんかもいる」

船着き場まで行き着ければ、多分助かる。

「けど、私らを長崎屋から出さないよう、賊は離れの周りを見張ってると思う。だから、必死に走らなきゃいけない。大丈夫かな？」

出口である木戸までは、そう遠くはない。若だんなは鍵を、上手《うま》く使いたいと言い、握りしめた。

「おや、若だんな、その鍵は」

目を向けた金次が、片眉を引き上げる。すると、その時だ。

いきなり離れの内で、大きな音がしたのだ。音の方へ顔を向けると、部屋の端で畳が持ち上がり、そこから顔が現れてきていた。

日限の親分が、床下から離れへ入ったのを知り、同じ事をやってきたのだ。あの辺りには、落とし穴がなかったに違いない。

「さっき、話が聞かれてるみたいに思えたけど。あそこで本当に、聞いてたんだ」

場久が、鈴彦姫や小鬼達を連れ、咄嗟に影内へ逃れたが、賊は追わない。見ていたのは、若だんな達であった。

おしろが裏口へ駆け、雨戸の施錠を、大急ぎで開ける。するとそのおしろへ、床下から部屋へ入り込んできた賊が、摑みかかった。

「きゃあっ」

だが。ここで影内から手が出て、賊の足を摑むと、見事に転ぶ。その上へ、部屋の隅にあった物が落とされた。

「場久、ありがとっ」

若だんな達は、おしろが開けてくれた戸から、親分共々表へ飛び出た。そして船着き場へ行くため、庭の端にある木戸を目指す。

だが、そんな場所には、もちろん賊が待ち構えていた。

(二人いる)

ならばだ。若だんなは手前で立ち止まると、鍵を懐から取り出した。そして賊に見せてから、欲しいならやると言ってみた。それから大きく手を振ると、蔵の方へ、思い切り放ったのだ。

「おや、ま」

金次の声が聞こえた時、賊の一人は鍵を追い、駆けだしていった。だが木戸の前にいた男は、鍵には釣られず、若だんな一人へ飛びかかってくる。

誰が金になるのか、賊は良く承知していた。

無謀は承知だろうに、親分が十手を取り出すと、体を張って賊の前へ立ちはだかった。

7

その時、思わぬことが起き、魂消《たまげ》た若だんなは、目を一杯に見開くことになった。何と鳴家が、どこからか飛んでくると、まるで武神のような一撃で、賊を倒したのだ。

「えっ？　鳴家が戦った？」

皆は驚きつつ、賊と一緒に転がり、伸びている小鬼を拾い、とにかく表へ出ようとした。だが直ぐ新たな賊が、後ろから現れる。そして、もう時は掛けられないとばかりに、短刀を真横に構えると、長崎屋の面々へ飛びかかってきたのだ。

男に言葉はなく、肌が粟立《あわだ》つ。

するとー。

「ぎゃっ」と声がして、その賊もまた、土の上に転がった。隣で、今度も小鬼がひっくり返り、目を回している。よく見ると、小鬼は瓦をしっかり、抱えていた。

「あ、瓦で賊を討ち取ったんだ。ということは、もしかして」

小鬼は己で飛ばない。投げた者がいる。若だんなが母屋へ目を向けると、二階の屋根の上に、仁吉がすっくと立っていた。

「帰ってきた！」

若だんながそう口にした途端、起き上がりかけた賊が、また瓦の一撃を受け、転がる。近くにいた賊が消えると、若だんなは大きく息を吐き、庭に留まった。兄やが帰ってきたのだ。

「あ……首を切り落とされずに、済んだみたいだ」

だが、まだ他から、剣呑な声が聞こえてくる。縁の下の穴にいた賊が、既に這い出ているのかもしれない。

「今、賊は庭で、何人動いてるんだ？」

若だんな達が戸惑っていると、蔵の方から、大きな悲鳴が伝わってきた。

「あ、いつもの声が聞こえる。蔵前に、佐助が現れたみたいだ」

その時同じ方から足音が、離れへ近寄って来た。すると一番前にいた、瘤《こぶ》のある賊が、若だんなに気が付き、思い切り何かを投げつけてくる。

それを金次が手で軽く撥《は》ね上げ、握った。貧乏神が手にしたのは、若だんなが先程投げた、鍵であった。

「ああ、これだ」

ここで、またしても母屋から瓦が投げられ、賊達は逃げ惑う。そこへ佐助が、蔵前から追ってきた。賊達は悪態をつくと、縁の下から、若だんな達が出てきたばかりの離れへ、駆け込むことになった。

佐助も、賊へ容赦などしなかったようで、賊達から、先程までの威勢は消えていたのだ。親分が、離れへ目を向け、唸《うな》った。

「じきに、とっぷりと暮れる。離れへ籠もった奴らは、暗くなれば、闇《やみ》に紛れて動けると、思ってるんじゃないか？」

その離れには、付喪神の本体である、屏風が置いてある。屏風のぞきが、親分に聞かれないよう、そっとうめいた。

「あいつら屏風に、無法をしないよな？　大丈夫だよな？　あたしは紙で出来てるんだ。破けたり、燃やされたりしたら、あの世へ行っちまう」

「屏風のぞき、賊は今、どうやって兄やさん達から逃れられるか、そいつを考えてるよ。大きな屏風にゃ、手を出さんだろ」

いつの間にか現れた場久が言うと、若だんなも頷く。日限の親分は横で、ぶるりと総身を震わせた。

「分かっちゃいたが、兄やさん達は強いね」

一方金次は、若だんなの鍵を、暮れてゆく空へ向けてから、にやりと笑った。

「若だんな、やっぱりこれ、本物の蔵の鍵じゃないよな」

鍵から、金の匂《にお》いがしないと言うと、若だんなは苦笑と共に頷いた。やっと少し笑いが出たことが、嬉《うれ》しかった。

「子供の頃、祖父に買って貰ったものなんだ」

昔、錠前が無くなった古い鍵を、道端で売っていたのだ。親が使っているのと似た鍵を、子供の頃の若だんなは欲しがった。

「本物の鍵は、持っていなかったし。賊に鍵を渡しても、あいつらが、私達を見逃すとも思えなかったもの」

だがその鍵を使って、わずかに時間稼ぎができた。妖達の、屋根の罠《わな》や床下の落とし穴など、必死の働きが重なって、兄や二人の帰宅までもちこたえたかと思う。最後は日限の親分の声が、全《すべ》てを表していた。

「ああ、もう大丈夫だな。ほっとした」

そこへ、仁吉が屋根から降りてくる。佐助も若だんなの側へ来ると、二人は若だんなの無事を確かめた後、直ぐに動いた。皆から事の子細を聞く前に、さっさと賊の始末をつけることにしたのだ。

しかし離れを攻めるのは、結構大変だよと、金次が言う。

「あたし達が中にいた時、賊が離れへ入ろうとしたんだ。けど、手間がかかってた。若だんなが暮らす場所だからかね。離れは、しっかりした作りだから」

賊達は、最後には縁の下から攻めてきた。だが、そこは危ういと分かってるから、今は必死に守っている筈《はず》なのだ。

すると兄や達は妖らへ、にやりとした笑いを向ける。

「賊の噂を聞いた時、お前さん達は、あれこれ手を打って、長崎屋を守ろうとしてただろ？　うん、熱心だった」

若だんなや妖達は、頑張ったのだ。例えば若だんなは、いざ、賊と争う時の為《ため》に、蔵の鍵と見まごうような、昔の鍵を持ち出してきた。そして。

「我らも少々、用心をしておいたんだ。うん、若だんなが狙《ねら》われるとしたら、離れに居るときだろうからね。だから、離れへ細工をした」

そういえば、罠を掛けていたと、若だんなは思い出した。一方屏風のぞきは、先程よりも心配げな声を出した。

「おいおい、何だか賊に押し入られるより、不安になってきたぞ。兄やさん達が離れに、何をしたって言うんだ？」

若だんなが中に居る時なら、さほど案じはしない。だが今、離れに立てこもっているのは、賊だ。つまり、だから、屏風のぞきは、それは大層、不安になっていた。

「まさか離れの戸を、蹴破ったりしないよな。賊と中で勝負して、戸や柱を、たたき折ったり、ついでに屏風の枠を、折ったりしないよな？」

仁吉は笑って答えなかったが、黒目が針のようになったままなので、若だんなまでが心配になってくる。

しかし若だんなには、あの賊を捕まえる力はなかった。よって。

「屏風のぞき、後は兄や達に任せるしかないと思うんだ」

「……」

兄や二人は、中から表を窺《うかが》っているだろう、賊達の事は気にもしない様子で、離れへ近寄っていく。そして離れの両側に離れて立った。それから、大いに顔を引きつらせている屏風のぞきの前で、二人同時に、柱の床に近い辺りを、思い切り蹴ったのだ。

どん、と、辺りを揺るがすような音が響いた。

すると一寸の後、みきりと、怖いような音が続いた。

そして。

「えっ……」

問答無用、どぉんという、離れを揺るがす音と共に、家が揺れ、中から煙が吹き出してきたのだ。若だんな達は、顔色を変えた。屏風のぞきに至っては、庭で本当に顔を蒼《あお》くし、倒れ込んでしまう。

「な、何が起きたんだ？」

佐助が表からあっさり雨戸を蹴破ると、中からまた煙が湧《わ》き出てきた。それが風に散ると、何と離れの天井板が、畳の上に落ちているのが目に入る。

若だんなは、落ちた天井板へ目を向けてから、つぶやいた。

「これが……兄や達が仕掛けた、賊を捕まえる為の罠か」

賊は揃《そろ》って、天井板に潰されている。勝負は、あっという間についたのだ。日限の親分に至っては、若だんなが一《いっ》に大事という、仁吉達の力業を見せられ、ただただ言葉を失っている。

天井板の下から声が聞こえてきたから、賊達はちゃんと生きているようであった。屋根や瓦が落ちたわけではないので、見た目よりは軽かったのだろう。だが、動く事も出来ないでいるだろうことは、若だんなにも分かった。

そして奥に屏風が無事、立っているのを目にして、若だんなは笑みを浮かべた。

その時だ。下敷きになっている賊達の側で、小鬼らが短刀を見つけた。すると悪い賊が、これで若だんなの首を落とすと言っていたと、兄や達へ告げてしまう。

仁吉が返事もせず、いきなり天井板を、上から踏んづけたので、若だんなは慌てて止めに入った。

一方佐助は、屋根も落とした方が良かったかなと、物騒なことを言い出す。小鬼達が大勢、落ちた天井板の上で、ぴょんぴょんと嬉しげに跳ね、遊び出したが、誰も止せとは言わなかった。

8

「みんな、ただいま。無事、九州から帰ってこられて、良かったよ。一太郎も寝込んでいなくて、おとっつぁんは嬉しい」

賊の騒ぎから一月《ひとつき》も経った後、ゆっくり京や、江の島を回ってきた藤兵衛とおたえが、長崎屋へ戻った。

そして、船で届けた沢山の土産を配り、諸方への挨拶《あいさつ》を終えると、若だんなが言いだすまでもなく、藤兵衛が奉公人達を集め、無事帰宅の祝いの席を設けた。

ご馳走《ちそう》や、酒、甘味も並んだ。一年の内に起こった土産話をして、江戸でのことを知りたいと、夕餉《ゆうげ》を楽しむことにしたのだ。

三春屋《みはるや》から山と菓子を買うと、おたえは、久しぶりの味だと喜んでいる。

夫婦は大勢が集った宴席で、別府《べっぷ》の温泉のことや、おぎんに似た親戚《しんせき》のことを、まずは楽しげに語った。そして暫《しばら》く話していた後、ふと心配げな顔になって、藤兵衛は若だんなを見てきた。

「ところで一太郎、一年の間、大変だったろうね。何しろ、疫病が流行《はや》ったりしたし」

あの話を聞いた時は、九州から帰りたかったと、藤兵衛が言い、おたえも頷《うなず》いている。

「だが、うちは薬種問屋だから、無事に切り抜けられて良かった。他に、大事はなかったのかい？」

「えっ？　あの、その、寝込んだことは、実は何度もあったんです」

だがちゃんと、兄やや奉公人達が付いていてくれたから、悪くもならずに治ったと言うと、藤兵衛は笑っている。若だんなが一年間、病にもならずにいられたとは、両親も考えていないに違いない。

ただ。若だんなは、ここでそっと、奉公人達の様子を見た。

（皆、賊が長崎屋へ押し入ったことは、承知してるよね。おとっつぁん達が戻るまでにと、大急ぎで、壊れた離れの天井を直したことも、分かっている）

そして多分、奉公人は、他の事も分かっている。大店《おおだな》達が恐れていた賊が、よりにもよって長崎屋を狙ったと知ったら、藤兵衛はきっと、ここで大騒ぎをするのだ。

藤兵衛もおたえも、話を聞いて一時《いっとき》も経《た》てば、嘘《うそ》のように落ち着いて、詳しい事まで、事情を知りたがるに違いない。二親は結構、肝が据わっているはずと、若だんなは思っていた。

だが。それでも一時くらいの間は、若だんなが目の前にいて、いくらなだめていても、駄目だろう。親達は若だんなが亡《な》くなったかのように、騒ぐに違いなかった。

そして今日は奉公人達が、前々から楽しみにしていた、ご馳走が並んでいる日なのだ。

(もう少しの間、賊のことは、黙ってた方が良さそうだね。せっかく皆、楽しく食べてるんだから)

他の話をしようと、若だんなはお菜を食べつつ、一年間のことを思い浮かべてみた。

(ええと、大番頭さんが、ちょいとしくじったことは……今、話すべきものじゃないね)

疫病神《えやみのかみ》が来た事など、口が裂けても言えない。紅餅《べにもち》を失ったことも、後で話せばいいように思えた。

(ああ、そういえば、屏風のぞき、じゃなくて、風野と金次に、店に出てもらったことは、早めに言わなきゃ)

しかし、金次は一軒家の住人で相場師をやっていたと言えるが、屏風のぞきの立場を、詳しく決めていなかったと、若だんなは今更ながらに気が付く。

(兄や達と、すりあわせが出来てないと、親には話せないか)

ここで若だんなは、椿紀屋の話なら、直ぐ話しても大丈夫と思いつく。あの話ならば、先々の商売にも繋《つな》がっているし、友になったお人のことも、話題に出来るからだ。

だが、しかし。若だんながあれこれ考えている間に、二親の目は、見慣れない奉公人へ、既に向いていた。

それで、近くに座っていた大番頭の忠七へ、誰なのかを問うと、若だんなが雇った奉公人だと、真面目《まじめ》な大番頭は返事をした。

「旦那《だんな》様、仁吉さんや佐助さんの用も、この一年、増えましたので。若だんなの側に居てくれる奉公人が、是非に欲しいと、兄やさん達から声が出たのです」

「おお、それで一太郎の知り合いに、奉公に来てもらったんだね。うん、あの子には、一人で居て欲しくないから、嬉しいよ」

それで。若だんなが親へ顔を向けた時、貧乏神の金次は、既に藤兵衛と、話を始めていたのだ。

おたえも、屏風のぞきと顔を合わせたが、おぎんの娘だから、相手が妖だと、直ぐに分かったようで、こちらは笑っている。

一方、藤兵衛と金次の話は、見事に噛《か》み合わなかった。そして妙な方へ逸《そ》れていったあげく、じき、先日の賊の件に行き着いていたのだ。若だんなは、酷《ひど》く焦《あせ》った。

「金次っ、あの……」

貧乏神は、金が落ちてしまうという己の仕掛けが、賊を捕まえるのに、役に立たなかったと嘆いている。

「賊?」

藤兵衛が首を傾げ、奉公人達の顔が、一斉に引きつった。

解説――きいわあど

ペリー荻野

『いちねんかん』は、廻船問屋兼薬種問屋長崎屋《かいせんどんややくしゅどんやながさきや》を舞台にした「親離れ子離れレッスン」の物語です。

シリーズの愛読者ならば、「ついにこんな日が……」と感慨深いことでしょう。なにしろ、主人公の一太郎《いちたろう》は、少し働けば熱を出して寝込み、動かず退屈していてもやっぱり寝込むというスーパー病弱若だんな。それゆえ、父の藤兵衛《とうべえ》と母のおたえは、日々、一太郎のために美味《おい》しい食事やゆったり休める離れも完備して、気遣ってきました。

しかし、第一章「いちねんかん」で藤兵衛とおたえは、ここへきて旅に出ることを決意します。行き先は九州・別府《べっぷ》。長く寝込んだ経験もある藤兵衛は、改めてゆっくりと養生し、帰り道、大坂で船を下りて京都や箱根にも立ち寄る計画です。店のことは大番頭たちに任せておけば、なんとかなることはわかっていましたが、父は「いつかは一太郎が、長崎屋の主《あるじ》になるんだ。だからこの機会に一度、店主の役目をこなしてみなさい」と提言。一年間、店は一太郎に任されます。齢《よわい》三千年の大妖《たいよう》おぎんを祖母に持つ一太郎は、彼を守る佐助《さすけ》と仁吉《にきち》、頼もしい二人の兄《にい》やはじめ、鳴家《やなり》などおなじみの妖《あやかし》たちと店に持ち込まれる様々な出来事に立ち向かうことになりました。

さて、ここで最初のキーワード。おたえは、出発にあたって「旅の用心集」の本を用意したと語っています。

おたえがどんな本を買ったのかは定かではありませんが、文化七年（一八一〇）に八隅《やすみ》蘆菴《ろあん》という人が著した『旅行用心集』という心得集は、庶民に広く読まれていました。内容は、実用的でとても細やか。たとえば旅の携帯品としては、矢立、扇子、糸、懐中鏡、櫛《くし》、鬢《びん》付け油、提灯《ちょうちん》などが必要で、目立つ着物は避け、草鞋の履き方にも注意すること。また、船酔いや駕籠《かご》酔いの対策、入浴の順番や宿での行動といったトラブル回避のアドバイスも記され、旅行初心者には頼りになる一冊でした。

おたえには、こうした旅のマニュアルに加えて、いつも仕えている守狐《もりぎつね》たちが、九州にいる亡《な》き母おぎんの遠縁のおきの（実はおぎん自身）の縁者に化けて付き従ってくれています。心強いサポーター付の安心旅となりました。

こうして主夫婦が旅立ち、いよいよ若だんなが店を預かるとなると、たちまち店の中はガタガタ。奉公人たちは落ち着かず、若だんなと遊べない鳴家たちも騒がしい。それでも自らのアイデアで店を盛り立てようと頑張る若だんなは、妖たちに一所懸命の気持ちを語るのです。

「私は、店主としての〝並〟を手に入れたいんだ。おとっつぁんが居なくても、妖達に助けられなくても、店を潰《つぶ》さず、続けていけるような、商いの腕が欲しい」(「いちねんかん」)

この言葉は、シリーズを通してのテーマといえます。

病弱ゆえに大切にされ、人ならぬものたちにも助けられて生きてきた一太郎の願いは、カリスマ経営者になることでも、やり手商人になることでもなく、せめて〝並〟でいられること。それがなかなか叶《かな》わない若だんなの心の痛みは、「勝つことが幸せ」という風潮の今を生きる私たちにもチクチクと伝わってきます。

店の混乱は、思わぬ人物を動かして、大金がからむ騒動に。ここで二つ目のキーワードが出てきました。「富突き」です。

時代劇にもよく出てくる「富突き」の場面。富くじの名でも知られ、富札を手にした群衆が見つめる中、目隠しをした僧や係の者が大きな木箱の中の木札を錐《きり》で突いて、当り番号を決めていきます。神社仏閣が修復費用などを工面するために行う場合は、幕府公認の「御免くじ」「御免富」などと呼ばれ、富岡八幡《とみおかはちまん》、目黒不動、湯島天神、浅草寺など有力な寺社はこぞって富くじ興行をしました。くじは武士も町人も買うことができたため、誰でも五十両、百両といった大金を手にする可能性はあったわけですが……。この騒動は、若だんなにとって苦い経験になりましたが、その決着は自らつけました。すると、

「若だんな、立派な決断をなさいましたね。大きくなられて」

仁吉は目を潤《うる》ませます。よく見ると、佐助まで泣いている。あらら。でも、いつも強面《こわもて》の兄やふたりのこんなところ、ぐっときます。

第二章「ほうこうにん」でも驚くことが続きます。

まず、あの屏風《びょうぶ》のぞきと貧乏神の金次が、長崎屋の奉公人になってしまった！　それを言い出したのが、兄やというのがミソですが、果たしてうまくいくのか？と思った矢先、廻船問屋で盗難事件が発生。貧乏神の金次がその盗人《ぬすっと》に太刀打《たちう》ちできないって、そんなことあるの!?

単純な盗難事件と見えましたが、この男がなぜ、こんな事件を起こしたのか。長崎屋に怨《うら》みがあるわけでもなく、藤兵衛の留守を狙《ねら》ったというわけでもなく、その言い分を聞けば聞くほど、不気味に見えてきます。妖たちは、影に隠れて生きますが、人

間の心の内には影ではない闇《やみ》がある。この盗人は深い闇を自覚しながら微笑《ほほえ》んでいる。恐ろしいやつです。

第三章「おにきたる」のキーワードは、「疫病《えやみ》」です。

西から流行病《はやりやまい》が江戸へと入ってくるとの情報を聞き、長崎屋は疫病に効く妙薬「香《こう》蘇散《そさん》」を売ることにします。実は「香蘇散」がよく効くのにはワケがあるのですが、仁吉はそれを安く売ったり、店先で煎《せん》じて白湯《はくとうゆ》の代わりに売ってもいいと考えます。それもこれも流行病が若だんなにうつっては人変なので、江戸の病を早めに止めることが目的のひとつ。仁吉は、どこまでも若だんなファーストなんですね。

ところが、長崎屋の庭先には疫鬼《えきき》が五人と疫病神《やみのかみ》まで集まってきてしまいます。このままでは疫病は江戸から消えてはくれそうにない。この危機を乗り越えられるのか。若だんなと妖たちの〝チーム一太郎〟が招いたのは、妖封じで知られる広徳寺《こうとくじ》の高僧・寛朝《かんちょう》でした。シリーズ読者にはおなじみの寛朝は、寄進を集めるのが大好き。つまり、数字に強い。その高僧が、長崎屋に妙薬があっても、それで江戸の人々のすべてを救うことはできないと断言します。

江戸時代は、五代将軍・綱吉の命を奪ったといわれる麻疹《はしか》や幕末に外国船によって持ち込まれたコレラなど疫病の大流行がたびたび起きています。この章が「小説新潮」に発表されたのは、二〇二〇年四月。新型コロナウイルスによる感染拡大で世界中が混乱の最中《さなか》だった時期です。今まで経験したことのない日々の中で、作者は「疫病」とともに「鬼」「薬」「神」の意味をより深く考え、この章を書き上げたのではないでしょうか。

疫病の余波は、第四章「ともをえる」に続きます。

若だんなは、大坂で薬も扱う大店《おおだな》、椿紀屋《つばきや》と縁《えにし》ができ、その婿《むこ》がね選びに関わることになりました。椿紀屋では本家の跡取り息子が疫病で急逝《きゅうせい》し、生き残った娘に婿をとらせるため、三人の候補から誰がよいのかを若だんなに見極めてほしいというのです。

呼ばれたのは椿紀屋の根岸《ねぎし》の別宅。「根岸」は、上野台地の裾《すそ》野に位置し、江戸時代から閑静な土地柄を好む文人墨客《ぶんじんぼっかく》が多く住んだ里で、明治に入って正岡子規が暮らしたことでも知られています。余計な雑音が入らない環境で、若だんなが三人のどこを見るのか。

この章を読んでいると、タイトルの「ともをえる」の「とも」とは誰なのかがとても気になってくる。どうか、若だんなによき友ができますようにと祈っていることに気がつきます。読者もやっぱり若だんなファースト。大妖の血を受け継ぐ一太郎にはやっぱり不思議な力があるのかもしれません。

そして最終章「帰宅」。

商家の小僧たちが悪い言葉につられて、小銭をくすねているという話を聞いた長崎屋の面々。その裏に潜む悪の動きを推理するのは、さすがです。ところが、悪人たちの狙いは……。おっと、そのあとのことを私が書き過ぎては、兄やたちににらまれそうですから、解説はこの辺にしておいて、最後のキーワードは、「いちねんかん」です。

親離れ子離れに挑戦したこの一年で、若だんなは失敗もしつつ、新しい一面を見せました。金次と屏風のぞきも奉公人として働き始めています。京や江の島見物もして、たくさんの土産とともに無事帰宅した藤兵衛、おたえもその彼らの成長にきっと気づくはず。

人はもちろん、時間の流れが違う妖も一年で変化する。物語の始まりと結末、みんなの様子の違いを比べてみるのも、「いちねんかん」だからできる楽しい読み方と言えます。

（二〇二二年十月、時代劇研究家）

この作品は二〇二〇年七月新潮社から刊行された。

畠中恵著
しゃばけ
日本ファンタジーノベル大賞優秀賞受賞

大店の若だんな一太郎は、めっぽう体が弱い。なのに猟奇事件に巻き込まれ、仲間の妖怪と解決に乗り出すことに。大江戸人情捕物帖。

畠中恵著
ぬしさまへ

毒饅頭に泣く布団。おまけに手代の仁吉に恋人だって？　病弱若だんな一太郎の周りは妖怪がいっぱい。ついでに難事件もめいっぱい。

畠中恵著
ねこのばば

あの一太郎が、お代わりだって?!　福の神のお陰か、それとも…。病弱若だんなと妖怪たちの「しゃばけ」シリーズ第三弾、全五篇。

畠中恵著
おまけのこ

孤独な妖怪の哀しみ（「こわい」）、滑稽な厚化粧をやめられない娘心（「畳紙」）……。シリーズ第4弾は〝じっくりしみじみ〟全5編。

畠中恵著
うそうそ

え、あの病弱な若だんなが旅に出た!?　だが案の定、行く先々で不思議な災難に巻き込まれてしまい——。大人気シリーズ待望の長編。

畠中恵著
ちんぷんかん

長崎屋の火事で煙を吸った若だんな。気づけばそこは三途の川!?　兄・松之助の縁談や若き日の母の恋など、脇役も大活躍の全五編。

いっちばん　畠中恵著

病弱な若だんなが、大天狗に知恵比べを挑む！ 妖たちも競い合ってお江戸の町を奔走。火花散らす五つの勝負を描くシリーズ第七弾。

ころころろ　畠中恵著

大変だ、若だんなが今度は失明だって!? 手がかりはどうやらある神様が握っているらしい。長崎屋を次々と災難が襲う急展開の第八弾。

ゆんでめて　畠中恵著

屏風のぞきが失踪！ 佐助より強いおなごが登場!? 不思議な縁でもう一つの未来に迷い込んだ若だんなの運命は。シリーズ第9弾。

やなりいなり　畠中恵著

若だんな、久々のときめき!? 町に蔓延する恋の病と、続々現れる疫神たちの謎。不思議で愉快な五話を収録したシリーズ第10弾。

ひなこまち　畠中恵著

謎の木札を手にした若だんな。以来、不思議な困りごとが次々と持ち込まれる。一太郎は、みんなを救えるのか？ シリーズ第11弾。

えどさがし　畠中恵著

時は江戸から明治へ。仁吉は銀座で若だんなを探していた――表題作ほか、お馴染みのキャラが大活躍する全五編。文庫オリジナル。

畠中恵著 たぶんねこ

大店の跡取り息子たちと、仕事の稼ぎを競うことになった若だんなだが……。一太郎と妖たちの成長がまぶしいシリーズ第12弾。

畠中恵著 すえずえ

若だんなのお嫁さんは誰に？ そんな中、仁吉と佐助はある決断を迫られる。一太郎と妖たちの未来が開ける、シリーズ第13弾。

畠中恵著 なりたい

若だんな、実は○○になりたかった!? 変わることを強く願う者たちが巻き起こす五つの騒動を描いた、大人気シリーズ第14弾。

畠中恵著 おおあたり

跡取りとして仕事をしたいのに病で叶わぬ一太郎は、不思議な薬を飲む。仁吉佐助の小僧時代の物語など五話を収録、めでたき第15弾。

畠中恵著 とるとだす

藤兵衛が倒れてしまい長崎屋の皆は大慌て！父の命を救うべく奮闘する若だんなに不思議な出来事が次々襲いかかる。シリーズ第16弾。

畠中恵著 むすびつき

若だんなは、だれの生まれ変わりなの？ 金次との不思議な宿命、鈴彦姫の推理など、輪廻転生をめぐる5話を収録したシリーズ17弾。

畠中恵著　てんげんつう

仁吉をめぐる祖母おぎんと天狗の姫の大勝負に、許嫁の於りんを襲う災難の数々。若だんなは皆のため立ち上がる。急展開の第18弾。

畠中恵著　またあおう

若だんなが長崎屋を継いだ後の騒動を描く「かたみわけ」、屏風のぞきや金次らが昔話の世界に迷い込む表題作他、全5編収録の外伝。

畠中恵・高橋留美子ほか著　しゃばけ漫画 —仁吉の巻—

高橋留美子ら7名の人気漫画家が、「しゃばけ」の世界をコミック化！　若だんなや妖たちに漫画で会える、夢のアンソロジー。

畠中恵・萩尾望都ほか著　しゃばけ漫画 —佐助の巻—

「しゃばけ」が漫画で読める！　萩尾望都ほか豪華漫画家7名が競作、初心者からマニアまで楽しめる、夢のコミック・アンソロジー。

畠中恵著・川津幸子料理　しゃばけごはん

卵焼きに葱鮪鍋、花見弁当にやなり稲荷……しゃばけに登場する食事を手軽なレシピで再現。読んで楽しく作っておいしい料理本。

畠中恵作・柴田ゆう絵　新・しゃばけ読本

物語や登場人物解説などシリーズのすべてがわかる豪華ガイドブック。絵本『みぃつけた』も特別収録！　『しゃばけ読本』増補改訂版。

浅田次郎著

五郎治殿御始末

廃刀令、廃藩置県、仇討ち禁止——。江戸から明治へ、己の始末をつけ、時代の垣根を乗り越えて生きてゆく侍たち。感涙の全6編。

上橋菜穂子著

精霊の守り人

野間児童文芸新人賞受賞
産経児童出版文化賞受賞

精霊に卵を産み付けられた皇子チャグム。女用心棒バルサは、体を張って皇子を守る。数多くの受賞歴を誇る、痛快で新しい冒険物語。

小野不由美著

魔性の子

—十二国記—

孤立する少年の周りで相次ぐ事故は、何かの前ぶれなのか。更なる惨劇の果てに明かされるものとは——「十二国記」への戦慄の序章。

梨木香歩著

家守綺譚

百年少し前、亡き友の古い家に住む作家の日常にこぼれ出る豊穣な気配……天地の精や植物と作家をめぐる、不思議に懐かしい29章。

恩田陸著

六番目の小夜子

ツムラサヨコ。奇妙なゲームが受け継がれる高校に、謎めいた生徒が転校してきた。青春のきらめきを放つ、伝説のモダン・ホラー。

酒見賢一著

後宮小説

日本ファンタジーノベル大賞受賞

後宮入りした田舎娘の銀河。奇妙な後宮教育の後、みごと正妃となったが……。中国の架空王朝を舞台に描く奇想天外な物語。

いちねんかん

新潮文庫　は－37－21

令和四年十二月一日発行

著者　畠《はたけ》中《なか》恵《めぐみ》

発行者　佐藤隆信

発行所　株式会社 新潮社

郵便番号　一六二―八七一一
東京都新宿区矢来町七一
電話 編集部(〇三)三二六六―五四四〇
読者係(〇三)三二六六―五一一一
https://www.shinchosha.co.jp

価格はカバーに表示してあります。

乱丁・落丁本は、ご面倒ですが小社読者係宛ご送付ください。送料小社負担にてお取替えいたします。

印刷・大日本印刷株式会社　製本・加藤製本株式会社

ISBN978-4-10-146141-0 C0193